大活字本シリーズ

忘れられる過去

荒川洋治

《上》

埼玉福祉会

忘れられる過去　上

装幀　巖谷純介

忘れられる過去／上巻●目次

I

I

たしか

叢書《人生の本》の第九巻『日本の美』（文藝春秋・一九六七）に、柳田國男「美しき村」が収められている。昭和一五年に書かれたものだ。

冒頭で作者は、「山形県の新庄から、鳴子玉造の温泉地へ越えていく、県境の境田というあたりの」一集落と、「秋田県鹿角の小豆沢湯瀬から、二戸郡にはいっていくこれも二県の境、たしか才田といった小さな村」とを、わずかな日時をへて通ったとき、「両所の光景のあまりにもよく似ているのに驚いた」という。

地図を開いてみると、陸羽東線に堺田という駅があるが、これが境田のことだろう。また花輪線・湯瀬温泉駅の近くに才田という集落もある。二つの里の距離は、直線で一五〇キロていどか。南北に走る奥羽山脈の、北端と南端である。

「溪川はいっとなく細くなり、しまいにはどこを流れているのか判らなくなって、たちまち少しばかりの平地のあるところへ出る」「大きなカワヤナギの樹が十五六本も聳え立ち、その間から古びた若干の萱葺き屋根が隠映する。村にはいっていくと土が黒く草が多く、馬がおり猫がおりまた子供がいる」

そこが、似ているのだという。

また、こんな文章もある。

「石州の津和野（つわの）を出て、益田の方へ下りてくる路の右手に、たしか青野といった山の麓の村などは、なんの光もないような古びた一団であったが、目に立つ里の木がみんな同じほどの年ごろで、樹の種類までが一つらしいのが、いいようもなくなつかしかった。」

ぼくのもつ地図で青野は見つからないが、山口線・津和野の次に青野山駅があるので、この周辺だと見当がつく。

この「美しき村」という文章は、一種類の樹木の集まりが村を美しいものにしていることを各地の実例で語るものだ。ぼくはこの文章のことばにもひかれた。まずは、

「境田というあたりの」

たしか

「たしか才田といった」

「たしか青野といった」

という言い方だ。昔、通ったので、記憶がおぼろなのかと思うが、民俗学者の彼がメモをとらないはずはない。「あたりの」「たしか」「といった」というふうに書かれると、境田も才田も青野も、ぼんやりした輪郭で現われるので、興味を刺激する。味があるというべきである。


もうひとつある。

「鳴子玉造の温泉地へ越えていく」

「二戸郡にはいっていく」

は、それぞれの前に、「宮城県の」「岩手県の」を付けたいところである。県境を越えるのだから、付けたほうがわかりよい。だが作者は二つの県名を書くことを控えるのである。

情報を制限する書き方だ。いまはこういうことはしない。ぼんやりしたことは嫌われる。闇を含むものは好まれはしない。だがひところまで文章はこのくらいの「明るさ」のなかに立って、知るべきものを照らしていた。

会っていた

大学一年のときの、最初の授業のテキストはスタインベック『チャーリーとの旅』。教室では英語の本。ぼくは英語が苦手。日本語訳を買って読む。しぶしぶ読む。それから三五年後、古書店でその本と再会した。

何十年も自分の国について書いてきたのに、そのアメリカという国を知らないことに気づいたスタインベックは愛犬チャーリーを連れてアメリカ大陸の旅に出る。五八歳のときである。

いまならそのことについて何かをぼくは思うが、学生のときは何も感じない。今日の授業はチャーリー一冊を、教室まで、連れていくだけである。ではこの本が何ももたらさなかったかというと、そうでもない。

そのスタインベックの最高傑作『ハツカネズミと人間』をそのあと、それも五〇歳を過ぎてから読み、ぼくは感動するのだが、その夢中のさなかにも、あ、チャーリーを連れて旅をした人だと、遠くのほうで、思っていた。

もうひとつの教室は、先生が戯曲好きのようで、アーサー・ミラー『るつぼ』。『アーサー・ミラー全集』の一冊だ。函入りのハードカバー。シックな配色に、張りがある。アメリカの戯曲が日本でもおおいに読まれている空気が一冊から伝わる。これで、戯曲を読むことに最初から抵抗を感じずにすんだ。そのあと『ピランデルロ名作集』『イプセン名作集』などの戯曲集に、するりと手がのびたのは『るつぼ』のおかげであるかと思われる。

一冊の本を手にするということは、どうもそういうことらしい。自分のなかに何かの「種」、何かの「感覚」、おおげさにいえば何か「伝統」のようなものが、芽生えるのだ。それはそのときのものとはならないにしても、そのあとのその人のなかにひきつがれるものだから軽くはない。流されもしない。

題は忘れたがモーパッサンが、フローベールを論じた文章も教室で読まされた。それから二〇年近くたって、モーパッサンの『脂肪の塊』に感銘をうけたとき、ぼくは思うのだ。あのとき、モーパッサンを読んでいた、と。そのていどのことだ。それでも人をやわらげるものである。帯をゆるめるときのように。

最初にふれているのだ。そのときは気づかない。二つめあたりにふれたとき、ふれたと感じるが、実はその前に、与えられているのだ。

読書とはいつも、そういうものである。

道

一〇代なかば、則武三雄『朝鮮詩集』、広部英一『鷺』、岡崎純『藁』など、郷里の詩人の詩集を知る。これら福井の詩集に、隣の石川県小松市に住む小説家、森山啓がしばしば文章を寄せていた。石川県は、隣なのに、福井の人からは遠い感じがするところだ。どうして、石川の人が書くの？　と思った。

森山啓は、新潟・村上の生まれ。父親が教師だった関係で新潟、富山、福井、石川の順で暮らした。福井の詩とはその糸で結ばれていたのだ。人のつながりを知ると、ぼくの気持ちもひろがり、どの土地にも親しみを感じる。楽しいことだ。

二〇代に、いくつかの小説と会う。まずは石川県能登・富来(とぎ)生まれ、加能作次郎の作品。長編「世の中へ」は漁村の少年が、奉公に出る話だ。その子も、おとなも心に残った。そして能登から京都へ、という道筋が目のなかに残った。

島村利正の小説「仙酔島」は信州・伊那谷の村のおばあさんウメさんが、村で亡くなった行商の人の家をたずねて福山(広島)まで旅をする話だ。山から海へと向かう、美しい文章で、信州と広島がつながる。

島根・益田生まれの田畑修一郎の小説、特に「三宅島もの」に感動したぼくは『田畑修一郎全集』（全三巻）をだいじにした。出版したのは、広島の梶野博文。広島は島根の隣だ。広島と島根を結ぶ道が浮かぶ。隣どうしはやはり結ばれている、と感じる。

地方から東京へ、地方から大阪へなど、踏み固めた道が話題になることが多いが、それだけではない。人は他にも道をもつ。能登から京都、伊那から福山、広島と益田というように。

そんな道がいくつも、いくつもあるのだ。踏み固めた道より、こうした個々の道を、文学は記録する。知らせてくる。「いい道だ」と、叫びたいときもある。

ぼくにも歩いてみたい道がある。先ごろ、金沢生まれの室生犀星の名作「あにいもうと」に激しく心を打たれた。これで石川県がまた輝いてきた。犀星には「医王山」(いおうぜん、とよむ)「奥医王」という作品がある。山と人の世界だ。刺激する。いつか医王山に行ってみたい。毎日のように地図で、その山のふもとを見ている。行かないのに、ふもとに詳しくなった。

山は、石川・富山のさかいめにある。石川だけではなく富山も、輝いてきた。

本を見る

尾崎紅葉の『多情多恨』が新しく文庫で出たので読んでいる。この一冊と過ごす、全体の時間を一〇〇とすると、

ぱらぱらめくる　八〇
表紙を見る　一〇
挿絵を見る　七
作品を読む　三

である。本のまわりをうろうろするだけ。読まないことと、とても

似ている。

子供のときから、そうだった。京福電車で一時間。福井市に住む、母の姉、浜礼子おばさんのところに新潮社の『日本文學全集』七二巻がそろっていた。中学のころ、その赤函の本を借りはじめた。あまり読まない。眺める時間のほうが長い。つまり時間がたっぷりあるので作家の顔写真、目次の文字、本の紙、函のよごれぐあい、背文字の印刷のようすなどをおぼえる。だから遠くからでもわかる。「田宮虎彦だ」「佐多稲子だ」「広津和郎・葛西善蔵だ」。その『日本文學全集』を浜のおばさんはそのあと、東京に出たぼくに譲ってくれた。これで、こっちのもの。それでも読まない巻は読まないまま。

不思議なもので、背中の作家の名前を、三〇年も見ていると、なかみも「わかる」。第一一巻の徳田秋声は、しぶい文豪。若いときに読んでも、真価がわからないと聞いたので読まなかった。四〇代もなかばを過ぎた、ある夜。ふと背中を見たとき、

「ああ、そうか。これが、徳田秋声なのだ」

と思った。なんだか、わかったような気がした。つまり読むときが来たのだ。ぼくにとって本はそういうものだ。いつか身にせまる。強くせまる。そのためにも本があること、本の空気があることがだいじだ。そこにあるものは、これからもあるということなのである。

高校一年の夏、県立図書館で梅崎春生の『幻化』を見つけた。純文学の新作を手にしたのは、はじめて。たいへんなものを見た感じ。高見順の長編『いやな感じ』で、文学への印象を強めた。でもこうした

読んだ作品についても同じこと。さわったり、眺めたりして、その本と過ごす。

町の図書館に「堂森文庫」があった。この町出身の代議士、堂森芳夫の蔵書だ。本人の寄贈によるものらしい。文学、思想の本だ。堂森氏は社会党だった。そのためか（？）選挙では、いつも苦戦した。勉強をした人は苦戦するのだろう。左翼の人たちの本が多かった。つまり、印象としてはりっぱなものだった。いまでもその背中を、思い出す。

畑のことば

おとなの人って、よくものを知っているなあというのが、第一印象である。この世界に対する、ぼくの第一印象である。たとえば二人か三人で、おとなの人が話す。とりわけ歴史の話や経済の話になると、おとなは強い。

「あれはあれだから、あれだよ」

みたいなことをふらりとおりまぜる。ものをよく知っている。新聞やテレビが伝えていることとは別にその人の知識があり、それが流れ出る。それがまた「なるほど」と思うようなことなのだ。またそれを、そこで聞いていて、ずっとそのまま聞いていくのかなと思われるような、もうひとりのおとなが、ふと顔をあげ、

「でも、あれは、こういうことだね」

などと応じるに及んでは、ぼくはもう、すばらしい人たちだと思って、動けなくなってしまうのである。おとなはみな博識なのだ。でもそこにはことばがある。ことばが人間の中心にある。主役になって働く。そのことに変わりはない。

さらにおとなになる、つまり、年をとると、どうなるか。ことばとは別のものになる。たしかにことばの数は少なくなるが、少ないからといって、何も話していないかというと、そうではない。声をかけら

れて、たとえば田畑のなかから、ふと立ち上がるとき、顔が見えなくても、そこにはいわくいいがたい表情があるものである。また何もしていないときでも、そこから、その人から、静かな声のようなものが届けられるような、そんな感じになる。

誰もがそうだ。年を重ねると、ことばだけではなくなるのである。きっとことばよりもやわらかなもの、ゆたかなものが、新しく加えられるのだ。それは人生が、その仕上げに向けて創りだす光景のひとつである。

祖母は、らっきょうをつくっていた。朝から夕方まで、腰をかがめて、らっきょうの畑にいる。目だけを残し、頭、顔全体をおおう白い布の「覆面」をしている。日差しを避けるためだ。

子供のぼくが何か言うと、こちらを向いた。

芥川龍之介の外出

岩波書店版『芥川龍之介全集』の第二四巻（一九九八）は、芥川三五年の人生を、約二〇〇〇頁をかけて再現した、膨大な「年譜」（宮坂覺編）を収める。芥川は日記にあたるものをあまり残さなかったので、友人たちの記録、手紙、芥川本人のメモをもとにこの「年譜」はつくられた。その日は誰と会った、何を読んだ、誰に恋をした、どこへ行った、何を思った、何を食べたも見えてくる。ときには一日きざみでわかるのだから、すごいことだ。

当時は電話は（一般家庭には）まだない。だから相手の家を訪ねても、相手が留守だった、なんてことも普通だった。

大正八年六月。彼は二七歳。すでに「羅生門」などを発表し、青年作家として活躍していた彼のもとには、学生時代の友人などが毎日のように来ていたが、彼もあちらこちらへ出かけている。この六月の「一カ月」は記録に残るだけで一四回、知人・先輩を訪問している。相手と会えたか、不在で会えなかったかを、この「年譜」をもとにぼくは検証してみた。

相手の家を訪ね、相手と会えた（と思われる）ときを○、留守で会えなかった（と思われる）ものに×、待っていたら会えたときには△をつけて、区別してみよう（こまかくなるので一部は簡略化した）。

＊

五日、午後、菊池寛と一緒に中戸川吉二を訪ねる。○
六日、夕方、久米正雄とともに菊池寛、小島政二郎、岡栄一郎を訪ねたが、皆不在。（三軒不在だから）×××
七日、木村幹（もとき）とともに平塚雷鳥を訪ねる。○
九日、午後、谷崎潤一郎宅を訪れると、久米正雄、中戸川吉二、今東光が来ていた。○
一〇日、夕方、八田三喜を訪ねるが、不在。×
一一日、午後、菊池寛を訪ねるが、不在。×
一三日、夕方、久米正雄を訪ねる。○
一五日、久米正雄を訪ねる。○

一七日、夕方、久米を見舞うが、二〇歳で死去した関根正二（洋画家）の葬式に参列していて不在。帰宅した久米と話していて「生きてゐる内に一刻でも勉強する事肝腎なり」と思う。△

二四日、午後、菊池寛を誘って久米を訪ねる。◯

二五日、山本喜誉司を訪ねる。◯

二六日、夜、菊池寛を訪ね、後から来た久米正雄、佐治祐吉らと食事。◯

＊

さて、一九日には「朝、隣に住んでいた香取秀真（ほつま）を訪ね、談笑する」とあるが、隣だから「外出」のうちには入らないので除外することにしよう。

一四回のうち〇印（相手が在宅）は八回。待っていて会えたのが一回。あとの五回は「不在」ということになる。待たずに会える確率は、六〇パーセント以下ということになるだろうか。会えないことも多いのである。これが連絡手段のない当時の人たちの「行き来」の現実である。東京のなかとはいえ、離れた町へ行くことも多い。不在の可能性もあるのに、出かけるのだ。だから会ったときにする話には、それなりの重みがあったはずだ。

現代の日本は国民誰もが（？）携帯電話をもっているから、こんなことにはならない。でもいま携帯電話でぼくらが話していることは、どうってこともないものだったりする。「会える」ことが確実であることと、「会えないかもしれない」ではずいぶんちがうものになる。

また当時は予告もなく会いに行くから、そこに世代のちがう人や、新しい友人がいたりして世界が開ける。また「不在」でも、今日は会えなくてよかったかもしれない、今度来るときにはちがう話をしようなどと思う。思考が深まるのである。会えても、ものを考える。会えなくても考える。それが当時の人たちの「一日」だった。

社会勉強

教養はどんな順序で身につけるのか。

『世界文学全集ベラージュ31』（集英社・一九七九）に収められたシュティフター「晩夏」（藤村宏訳）の主人公のカリキュラムをもとに考えてみよう。

一九世紀初め、裕福な家に生まれたハインリヒは、学校には行かず、独学でものを学ぶ。まずは語学、体育、数学。地方へ移ってからは「いなかの観察」。農作物の生産の流れや、いなかの人たちがひとつひとつのものに、どんな名前をつけるかを知る。

次は工業。工場訪問で製品・原料の知識と、機械の働きを学ぶ。そして植物学。自生地と生態を知り、保存のきくものは持ち帰って観察。持ち帰れないものについては写生し、詳しく記述（文章や絵の勉強になる）。

次は鉱物学。鉱物を採集したところ、結晶していないものがむしろ多いことを発見。鉱物の「結晶という現象は、植物の開花と同じものである」ことをたしかめる。次は動物学。ここでも独自の分類をためす。そして山歩き。自然観察を通し、机上の知識を補正。

語学、数学、農学、植物学、鉱物学、動物学、総合野外観察……というのだから完璧だが、もしここに欠けているとしたら「人間」学だ。

実はこのあと、ある人物と出会うのである。

晩夏の一日、山に入る。空に雷雲、いまにも雨が降りだしそうだ。一軒家を訪ね、「ひどい雨がやむまで、雨宿りをさせていただきたい」と告げる。するとその家の老人は、「今日はこの家や庭やこの辺一帯には雨が降らないと思います」と答える。自然科学者を自称する青年ハインリヒは、雲のようす、湿度、気圧のようすその他から「降るはず」と思う。家にとめてもらって、朝まで待ったが、雨は降らなかった。

老人はいう。あなたの知識は正しいがそれだけで気象を予測することはできないと。蜂、蜘蛛、蟻は、雨雲がたれこめてもいつも通りの動きであり、「庭にいる小さな動物中のどれ一つとして、雨が降る徴候を示さなかった」と。空模様と庭模様が一致したのですと。空や山地の観察もいいが、平地（都市と山地の中間）の世界についても、研究されよと。ハインリヒはこの老人との出会いによって、また新たな知識をさずかることになるのである……。

ぼくはこの長編を読みながら、日本には「社会勉強」ということばがあったことを思い出す。ちょっとした折りに、若者が「つらい」とか「いやだ」とか言うと、

それも社会勉強のうちだ

と、おとなたちは言ったものだ。ハインリヒの西洋型教養と比べる

と、この「社会勉強」には確たる体系も権威もない。いたってのどかなものである。だがこの「社会勉強」のなかには、ひょっとしたら「教養全体」が含まれるのではないかと思えるほどの、おくゆきも感じられる。「社会勉強」。いいことばである。研究にあたいすることばではないのか。

色

旅行先の、未知の地域で「いい町」を見つけるにも地図を見る。まずは、その地域の都市の人口をたしかめる。その町の周囲にはどんな市（あるいは町）があるか、中心都市（県庁所在地など）とは、どのくらい離れているかなどを観察して「いい町」を決める。しぼりこむ。ここにいう「いい町」は、「いい市」「いい村」を含めた総称である。

地方でも、都市が密集しているところは、おもしろみがない。「いい町」がない。それぞれの市や町は、負けじと競争するので、どこも、同じようなものになる。土地のよさを棄ててしまうのである。五、六年前と、現在の人口も、比較する。たとえば、てもとにある『綜合地歴新地図―世界・日本―』(一九九六)と『最新基本地図―世界・日本―』(二〇〇二)の「日本の市と人口」一覧をみるのだ。人口が少し減った都市の周辺がいい。あまり減ると、いいものが残らない。人がいないのでは、残す力もなくなる。

というわけで、なにごともそうだが、まわりを見ると、わかる。このようにして「いい町」を見つけて、ぼくはよろこぶ。日本だけではない。外国に行ったときも、この方法で「いい町」をいくつか見つけた。もちろん行けば、どんな町だっていい町だが、当たれば楽しい。

もうひとつは、色である。色は、どの地図もだいたい同じ。平野は緑、山は茶。さらに高地になると、黒に近い茶になる。それが基本だ。ただし逆転するときがある。

それは鳥瞰図だ。そこでは山は山らしく、緑になる。平野は、うすいクリーム色になる。人間の目に見える色、あるいは印象と、ほぼ同じ色づかいになるのだ。『最新基本地図』の、「ポー川流域鳥瞰図」(北イタリア)では、アルプスの高峰は、紫(とても鮮やかな紫)。低い山は緑。平地は、うすいクリームである。見方が変わる。世界が変わる。

また、緑にも、地図帳によってはいろんな緑がある。うっとりするほど、きれいなものもある。地図帳を買うときは、色で決めることになる。特に、緑の色あいで決まる。

一昨年は、新聞の一面に連日のようにアフガニスタンの地図がのった。ぼくはそのたびに新聞各紙をスクラップした。新聞紙の地図がたまった。戦況その他で、地図の主題は変わるので、記載事項はいつも同じではない。でも色は、どの日もあまり変わらない。アフガニスタンの地図は茶系一色が多い。どこも山だから、そうなる。

今年は、イラクの地図を切り抜いた。イラクには平地も多いが、戦地の略図だから、多彩ではない。ほとんどの地図は一色の世界になる。「いい町」も見えない。どこも同じ色である。どこも同じ町になる。

秩父

歴史について知識のないぼくだが、あまたある日本の歴史の出来事のなかで、明治一七年の埼玉・秩父での出来事（秩父事件）には興味をもつ。

秩父事件に関する本は、ほんの数冊しかもっていない。文庫版『日本の歴史』の明治編と、西野辰吉の小説『秩父困民党』、「秩父山河」を収めた『金子兜太集』第三巻だ。この他に先年、事件についての小冊子を見つけて買ったが、薄い本なので、いまさがしても見あたらない。そんなわけで断片的なことしかぼくは知らないことになる。でもこの事件について、ぼくにはイメージがある。それはこんなものだ。

村に、青年がいた。世の中のことはほとんど知らない。でもふだんから、わからないことがあると、近所のものを知る人に話を聞きにいく。あることがあって、いつものようにその人の意見を聞いているうちに、いまの社会について知識をもつようになる。自分らの暮らしを見るに、このままではいけないことを知る。そういう青年たちが、村のなかに少しずつ現われる。仲間で集まるごとに彼らの意識も洗われてきて、村人たちのために、いのちをかけて立ちあがる。だが鎮圧される。でもそれは歴史的に、とても意味のあることだったのだ。

もちろん、この出来事は単純ではない。さまざまな面がある。でもぼくのイメージはそのようなものなのである。

ぼくはこの事件に登場する地名のいくつかを思い出せる。小鹿野、石間、皆野、下吉田、日尾、大宮郷……。田代栄助、落合寅市、坂本宗作、加藤織平、新井周三郎、名前を変えて北海道に渡った井上伝蔵(死ぬ間際に、自分が秩父事件の井上であることを家族に明かした)など、幾人かの名前を思い浮かべることができる。

こうして書くだけで、胸があつくなる。どうしてぼくは、この事件にひかれるのだろうか。

はじめはともかく、最後は自分の頭で考え、考えただけではなく人びとのために実行し、犠牲になった人たちの生き方にぼくは打たれるのだ。自分にはできないことなので、あこがれるのだ。いろんな理不尽なことが身のまわりに、社会にあるのに、ほとんどの場合、黙って眺めてぼくは生きている。なにもしない。そんな自分であることを知っておくため、たしかめておくために蜂起した人たちのことを、その人たちの思いを心に残しておきたいのかもしれない。

ぼくにはまったくおぼろげな知識しかないのに、こんなことをいうのはへんかもしれない。でも日本の歴史のなかに、自分の好きな人たちがいることがとてもうれしい。

読書のようす

夏の浜辺で、男女が出会い、話をする。

〈「読書ですか、いつも読書してらっしゃるの？」

「まあ……」

「面白くて？」

「ええ」

「頑張ってね！」

「ありがとう」〉

これは、イタロ・カルヴィーノの小説「ある読者の冒険」（『むずかしい愛』和田忠彦訳・岩波文庫）の一場面だ。

読書といっても、そのようすは、いろいろである。ここで、おおまかに分類してみることにしよう。

［趣味は読書、の人］

趣味は読書、という人が実際どれくらい本を読むのかはあやしいものである。音楽鑑賞、スポーツ観戦など二つ三つの選択肢での読書なのだから。でもこう答えておくと、知的な人にみられやすい。

［本好き］

書店ではベストセラーや話題の本の売場に直行、ひやかすのではなく、必ず一冊は買って帰る。「なんかおもしろい本ない？」と人にたずね、そのくせ答えても、うわのそらというタイプもこの仲間か。

「好き」とはいえ、読書の欲求は身を焦がすほどではない。

少し本気になると「本の虫」だ。「本の虫」には二通りある。

［読書家］

「彼は、なかなかの読書家だよ」と人にいわれても、自称してはならない。イギリスの批評家アーノルド・ベネットの名著『文学趣味』（一九〇九）によると、収入の五パーセント以上を本代にあてるのが、読書家の条件らしい。書斎にも、かなり本がある感じ。「本には、うるさいぞ」と自分で思っている人である。

［読書人］

もとは中国で、科挙で官吏の資格を得た人、学者。文語的なひびきがあり、会話では読書人ということばはつかわない。ひとり書斎にこもって本を読むイメージ。「主人は休日は、よく書斎で本を読んでますの」。何を読んでいるか、わからないけれど。

さらに本格派は……。

［蔵書家］

たいてい書庫をもつ。読むことより、所有、所蔵に価値をみる。全集などは全巻そろえ、一巻でも欠けると、寝つきがわるい。「たしか○○○というシリーズがありましたね」といわれると、「ああ、あれ全部もってるよ」と答える人だ。

「岩波の漱石全集の……」

「あれ、そろえた！」

「集英社の漱石文学全集の……」

「あれも、そろってる！」

漱石の作品のなかみより、漱石の本があることが第一の人。一日一回は書棚を点検、悦に入る。眺め、見た目が一番なのである。蔵書家の特殊部隊は、猟書家（初版本や希覯本を日夜さがしもとめる）。蔵書家の特徴は、本に蔵書票を貼ったり、印鑑を押すこと。「佐藤蔵書」「山田蔵書印」などと、ぺたぺた、でかい字で押してあるのを、よく古書店で見かける。ハンコを押したのだから、手放すことはないと思うけれど……。蔵書家の悲しいところは、自分が死んだら、蔵書が家から消えることだ。柴田宵曲は『書物』（森銑三との共著・岩波文庫）のなかで、三代つづく蔵書家は、まれだと記している。そうかも。

蔵書家は独立心が強く、ひごろから家族とのコミュニケーションがないので、本の価値が家族に伝わらない。本人が没すると、家族がすぐ処分。「この本はこういうもので、だから、だいじにしている」という説明をしないまま、蔵書家は世を去ることが多いのだ。

［愛書家］

もっとも高く評価される「読者」である。好きな本を、心をこめて読む。量ではなく質。蔵書家は必ずしも愛書家ではなく、愛書家イコール蔵書家ではない、といわれる。だが愛書家ばかりでも息がつまる。というように、読書をしている人には、それがどんなようすであれ、横からちょっと「ひやかしたい」気分になるもの。おおまじめに活字に向き合うさまは、畏敬と反発を呼び起こすのだ。読書が過ぎると、本の世界だけの人になってしまい、目の前にあるたいせつなものを感じとれないこともあるからである。となると、そこは読書の危険水域である。アナトール・フランス『シルヴェストル・ボナールの罪』（伊吹武彦訳・岩波文庫）は愛書家が、読書への懐疑をつづる深みのある作品。読書の先にも、まだまだ「読む」ものがあるのだろう。

一族

人の数が多い世代だ。教室は子どもでいっぱいだった。そのなかに早くから目立つ「おとな」の子どもがいた。いっぱいのなかの一人二人だから、すこぶる目立つ。

彼らは突然、出現する。たとえば高校の文化祭の、展示コーナーに。東アジア世界のなんとかとか社会主義と民族問題のなんとかとか、とびぬけた題目で研究成果を掲示するのである。いつどこでこんな修行をしたのだろう。こういう「子ども」は将来どういう人になるのか。

どんな人生をつくるのか。でもぼくは彼らのことをすっかり忘れる。忘れて、安らかな時をおくる。

ところが、一〇年ほどたつと、そういう人たちが、しかるべきところに、あらわれてくるものである。

三〇代に入ったころ、ぼくと同世代の、三人の優秀人物が文壇に登場した。A（文芸評論・一つ年上）B（評論・同じ年）C（小説と評論・二つ年下）である。作品も発言も鋭い。目も心も頭も新しい。そうか。高校のときの、あの優秀な一族の今日の姿なのだろうとぼくは思う。「とうとう、あらわれてきたな」

でもぼくは心が狭い。この「再会」をよろこばない。「彼らはいなかったことにしよう」と思うのだ。同世代ゆえに嫉妬し、彼らの作品を遠ざける。それで心を落ち着かせる。あわれにも、ぼくのような人は、そうする他に、することはないのである。

五〇になった。ある日の夜、突然考えが変わる。水が逆に流れ出すように彼らの著作に向けて、突進したのだ。読み通してみると、世評以上にいいのである。もっと早く読めばよかった。ぼくはばかだった。ささいなことにとらわれて、貧相になった自分を恥じる。

そしてこの期におよんで、ぼくはまた思うのだ。「彼らは、どんな人になるのだろう」と。

「文芸部」の時代

文芸部は中学、高校に必ずあったものである。いまは本を読まない生徒がふえたせいか、文芸部のない学校も多いという。文学者たちは、文芸部に入っていたのだろうか。

明治・大正の時代には、文芸部というものはあまりなかったようだ。どこで文学と出会うのかというと、当時は近所に俳句をつくる人、歌を詠む人、漢籍を読みこんだ人がいたので（お父さんの知り合いとかで）、その人から知らず知らずのうちに影響をうけ、ことばや文学にめざめるのだ。両親や祖父、祖母、学校の先生から影響をうけることも多い。いまは父親も母親も先生もあまり本を読まなくなったので、事情は変わっていることだろう。

特に出会いがなくても、自分ひとりの力で目を開く人もいた。

〈大正四年　一六歳

福島県の祖母のもとで得た印象をもとにして「農村」という二百枚の小説を書いた。〉

これは、のちに「伸子」「播州平野」などの名作を書いた作家、宮本百合子の年譜である。

文芸部のない当時、書いたものをどういうふうに発表したのだろう。ひとつは「回覧雑誌」。書いた原稿を閉じて本のようなかたちにして、みんなで回し読むのである。芥川龍之介の時代はもっぱらこれだった。「校友会誌」も利用された。その学校の生徒や職員、卒業生が寄稿するもの（これはいまもどの学校でも発行されている）。また自分たちで同人誌をつくったりもした。これが文学者の出発になるのだ。文芸部がなくても、文芸に興味をもつ人はまわりにもいっぱいいたので、それぞれに合う活動をしていればよかったのである。

〈明治四一年　一四歳

活字を買い入れ、活版で少年雑誌「中央少年」を発行。〉

こちらは探偵小説の江戸川乱歩である。一四歳でとは、すごい。

文学者は、中学・高校時代（大学予科を含む）、どこに所属していたのだろう。いま調べのつく範囲で、生年順に見てみると、萩原朔太郎（講演部、雑誌部）、横光利一（野球部の花形、講演部にも）、吉田一穂（ボート部）、上林暁（雑誌部）、外村繁（野球部）、深田久弥（文芸部）、中野好夫（野球部、テニス部）、井上靖（柔道部）、長見（おさみ）義三（ぎぞう）（文芸部）、井上友一郎（野球部）、花田清輝（柔道部）、斯波四郎（文芸部）、保田與重郎（乗馬部）、富士正晴（弁論部）、梅崎春生（水泳部、雑誌部）、小島信夫（文芸部）、中村真一郎と福永武彦は一高の文芸部（いっしょだった）、阿川弘之（文芸部）……となる。深田久弥は大正五年福井中学に入学、文芸部員になっているから、文芸部は大正はじめにはあったようだ。それまでは、雑誌部が文芸部のような活動をしていたようだ。

大正の終わりから、昭和の生まれになると、文芸部がふえる。

大正一四年生まれの三島由紀夫は、昭和一七年、学習院高等科に入学し「文芸部委員長」となった。昭和一〇年生まれの大江健三郎は、松山東高校で文芸部に入り「掌上」を編集。大江と同年生まれの寺山修司は、青森高校に入り、文芸部員に。全国の高校生に呼びかけ、一〇代の俳句雑誌「牧羊神」を創刊した。寺山修司がはじまったのだ。批評家の加藤典洋（一九四八年生まれ）の『日本風景論』（講談社文芸文庫）の年譜をみると、山形東高校一年のとき「弓道部ついで文芸部に入部」とある。このころまでは文芸部も元気だったのである。

ぼくは高校の三年間、文芸部に所属したが、文芸部の活動の他に、全国の高校生に呼びかけ「とらむぺっと」という詩の雑誌を定期発行、一九号までつづいた。参加者は青森から福岡まで約一〇〇人。谷川俊太郎、寺崎浩、井上光晴、小林勝各氏などに手紙を出し、寄稿してもらった。そんなことばかりしていたので受験勉強がおろそかになってしまったが、印刷・製本のしくみ、お金の計算、荷造りの方法などをおぼえられたのはよかった。

文芸部はいまのような現実主義の学校では、うとんじられるかもしれないけれど、教室では教わらないことがあることを知るきっかけになった。ぼくは高校ではなく、文芸部の卒業生だといまでも思っている。

青年の解説

さほど目立たないけれど、この三五年の間、若い人たちのために役立っている。そんな本の話をしたい。

センチュリー・ブックス《人と作品》（清水書院）という文学ガイドのシリーズだ。明治・大正・昭和期の文学者の生涯と作品鑑賞を記すシリーズで、作家で立教大学教授でもあった福田清人（一九〇四—一九九五）が監修。網野義紘『夏目漱石』、佐々木冬流『徳田秋声』、本多浩『室生犀星』、浜名弘子『与謝野晶子』、板垣信『太宰治』など四五巻。新書より少しおおきめの判型、一冊六八〇円。いまも増刷がつづく。

ほとんどの本は、福田教授の日本文学研究室から巣立った若い研究者、つまり大学院、大学を卒業したばかりの人が執筆した。そんな若い人たちが書き上げたものとは思えないほど、なかみは充実している。その作家は、どんな人生を歩いたのか。この作品はどんな状況で書かれたのか。読者の興味にしっかり応えてくれるのだ。評価も高い。「はっきりと人間としての作家を中心に置いている。文学を理解する上の教養書として恰好なものであり、すみずみまで細かい注意が配られている」とは、作家井上靖の推薦のことばだ（同シリーズ「内容見本」）。

ひとりで執筆し完成させたものがほとんどだが、二人が力を合わせてできた本もある。「聖家族」「風立ちぬ」などの名作で知られる作家のガイド『堀辰雄』（一九六六）の著者は、飯島文、横田玲子。二人とも、立教大学日文科を卒業してまだ一年。その文章の一部を読んでみよう。

〈その静謐で丹念な「時の推移」の描写の底には、水に映る私たちの顔のように、人生の本質が揺めいている〉

〈一般に堀辰雄はフォーナ（動物）型に対するフローラ（植物）型の作家だと言われている。これはそう堀が自称したのであって、いわば名刺の肩書きのようなものである〉

〈軽井沢で書き上げた「美しい村」は、読みようによってはひどく退屈な作品である。そこには、あらすじといったものがないからである。ちょうどサルトルの「嘔吐」が、限りなく退屈な独語に終始しているように、「美しい村」は退屈なまでの明澄さでつらぬかれている〉

専門的ないいまわしはあるものの、全体にはとてもわかりやすい。文学作品を「表現」するときはこんなふうなことばをつかうのだということも、そこにあることばから教えられる。なにより興味ぶかいのは、子供のときは、こうだった、誰かと出会うことでこうなった、こんな作品を書くことになったといった、文学者のストーリーがわかることだ。ある人は、こう言った。このシリーズの本をもっているだけで、たのしい。夢があると。それは作品のすがた、かたちだけではなく人生そのものが伝わってくるからだと思う。人生は誰ももつものだから親しみを感じてしまうのだ。そこからまた、その人の文学への興味や理解がふかまるものである。

それにしてもこんな、いろんな意味で、意味のある本を、大学院や大学を出たばかりの人たちが書き上げたとはたのもしい。福田教授の研究室に有能な人たちが集まったことはたしかだが、それでも、ひとりの作家について一冊の本を書くことは容易ではない。福田先生に「書いてみなさい」と言われた人たちは最初はふるえあがったのではないか。でもいっしょうけんめい勉強して少しでもはずかしくないものにしようと努力したのだと思う。現在の学生や院生には、おそらくこのような「仕事」はまずできないだろうと思う。また先生も、まかせないのではなかろうか。

作品を読むことはいい。でもいつまでも「読む」立場に甘えていると、ものごとのほんとうの理解は得られない。本を書くことは、責任のある仕事だけに、大きな意味をもつ。そのような機会を与える先生がいることも、だいじだ。

ひとりの文学

結城信一（一九一六―一九八四）は「第三の新人」のひとりとして文壇に出たが、その特徴のある作品世界は印象としては地味でもあったので、吉行淳之介、安岡章太郎、庄野潤三といった他の「第三の新人」の作家たちと比べると多くの読者をもてなかった。

ひとりで書き、ひとりでそれを見つめ、またひとりで書く。結城信一の文学はそういうものだった。『空の細道』（著者六四歳）が第一二回日本文学大賞を受賞する以前に、その名を知る人はさほど多くはなかったかと思われる。

生前の著作（小説・小品）は次の通りである。

一九五五年『青い水』（緑地社）、一九五八年『螢草』（創文社）、一九六一年『鶴の書』（創文社）、一九六七年『鎮魂曲』（創文社）、一九六八年『夜明けのランプ』（創文社）、一九七一年『夜の鐘』（講談社）、一九七六年『萩すすき』（青娥書房）、一九七七年『文化祭』（青娥書房）、一九八〇年『空の細道』（河出書房新社）、一九八一年『石榴抄』（新潮社）、一九八三年『不吉な港』（新潮社）。他に私家版『文化祭』（一九七七年）がある。

没後一六年の二〇〇〇年には、『結城信一全集』全三巻（未知谷）が刊行され、いまあげた著作集の全作品がそこにおさめられた。

＊

このたび刊行される、講談社文芸文庫『セザンヌの山・空の細道』（二〇〇二）は、三九歳のときの「柿ノ木坂」（『螢草』）から、六二歳の「空の細道」（『空の細道』）まで、小説と小品の主要作一二編をおさめる。結城信一の作品が個別に文庫に入る例はあるが、作品集が一冊の文庫になるのは、これがはじめてのことである。

あまり見かけることない、不思議な作品を書く人だと、はじめてこの作家の世界にふれた人はそんな感想をもつことだろう。ぼくも一〇代の終わりに、出てまもなくの『鎮魂曲』を読み、これはなんだろうと思った。それでも心がうごいたので、それからあとは最後の『不吉な港』まで新しい本が出るたびに読むことになった。それ以前の本も、時間はかかったが古書店で手にいれた。結城信一のことを語りあえる人は周囲にあまりいなかった。読むほうも「ひとり」だ。そう思って読んでいた。

結城信一は寡作だった。あまり書かなかった。書くときはたいへんな時間をかけた。ひとつのことば、ひとつの文字を身にしみこませるように、ていねいに書いた。生来病弱であることもあり、心身の消耗も激しかった。作品集のあとがきには、疲労の文字がみえる（以下引用は一部新字新仮名にあらためる）。

「私は中に大きな海をたたえた一個の小さな静かな生きた貝殻を探し求めたい。この重い疲労と苦痛の渦の中から」（『青い水』）

「一作一作を書いたあとに、軀の奥から滲みでてきた重い疲労感が、なまなましく今よみがえってくるのである」(『鎮魂曲』)などと。こんなわけで、著者は寡作にならざるをえなかったのだ。また誰もが寡作の作家とみていた。ぼくも長い間そのように思っていた。だがあるとき見方が変わった。

文芸誌に登場してから「柿ノ木坂」「鶴の書」が書かれるまで、いわば初期の作品と掲載誌を一覧しよう。『結城信一全集』に付された矢部登編「結城信一著作年譜」による。＊は、芥川賞候補作。

一九四八年／「百日紅挽歌」(新小説)「秋祭」(群像)「林檎の花」(文藝時代)

一九四九年／「二月の風」(早稲田文學)

一九五〇年／「冬隣」（群像）

一九五一年／＊「螢草」（群像）「松の花」（文學者）＊「転身」（早稲田文學）

一九五二年／「春」（群像）「日記」（早稲田文學）「紅い木蓮」（オール讀物）「薔薇の中」（文學界）

一九五三年／「鞦韆」（早稲田文學）＊「落落の章」（早稲田文學）「熱海」（文學界）「交響変奏曲」（群像）「青い水」（文學界）

一九五四年／「通遼街」（群像）「ともしび」（文學界）「燕と蟬」（群像）

一九五五年／「夜の庭」（群像）「柿ノ木坂」（群像）

一九五六年／「黄落」（近代文学）「炎昼」（文學界）
一九五七年／「鶴の書」（群像）

ほんの一部を抜きだした。このあとも文芸誌の執筆はいくらかの変動はあれ、亡くなるまでつづくが、このリストを見るかぎり、その最初期の作家活動は思いのほか華やかな感じがする。作者の心身の状況や多作には向かない創作態度を考えあわせると、多産であるとの印象をうけるのだ。もちろんその時代にはもっといっぱい書いた新進作家がいくらでも見つかるだろうが、結城氏は「群像」「文學界」他いくつもの文芸誌の依頼にこたえて精力的に作品を書いていたのだ。そのままではあまり人気を得るとはいいがたい結城氏の文学は、颯爽として新しい、あるいは明確な思想や趣旨をもつ戦後文学が読まれていたこの時期にも、求められていたことがわかる。

つまり結城信一は寡作の人ではあったが、同時に「流行作家」だったことにぼくは気づいたのだ。この言い方は泉下の結城氏にも、また年来の読者にも迷惑かもしれないが彼が一時期「流行作家」であった、「流行作家」状態にあったと思うことはぼくには新鮮な発見だった。純文学の世界で「流行作家」である時期をもつのは、作家にとってきわめてむずかしいことだ。ひとりの作家が「流行作家」の時期をもったことがあるとわかるとき、ぼくはそれがどのようなようすのものであったとしても、うれしくなる。すなおによろこびたい気持ちになる。たとえほんの短い時期でもいいのだ。ひとつの文学が読者の集中を呼び込むことは夢のようなことなのだから。

結城氏のような文学は普通に考えれば、その夢はもっとも遠くにあるものだと思う。だがその出発はそれなりに華やかなものだったのだ。結城信一のような人が、一時期であるにせよ「流行作家」状態にあったということは創作家としての彼に自信を与えたのではなかろうか。そのあとも文壇や周囲の無理解に苦しみながらも自分の文学を書きつづることができたのは彼が読者にめぐまれた時期をもてたためかもしれない。ひとりの文学は、ひとりで生きられるが、ほんとうにひとりでは生きることができないものである。

また、こうも思う。「流行作家」状態があったのは、彼の文学が、ごく少数の人にではあるが、ある種の風俗小説として読まれていたためではないか。風俗小説は多数の人間に読まれてはじめて成立するものだが、ごく少数の人間の支持によって、成り立つこともあると考えたい。そこに彼を「流行作家」にさせる秘密があったのかもしれない。

「柿ノ木坂」は、長編『螢草』の一編だが、結城氏自身の青春期が描かれる「私小説」である。「私」はまだちいさいころに小児麻痺に罹って左足が不自由になった。大学を出ると、その不自由な体で就職口をさがしまわる。ようやく地方教師の職を見つけるが、「校長と生徒たちとの間に、交流する何ものもないように思われた」学校をやめ、東京に戻る。

〈誰も訪ねてくることもなければ、手紙が舞いこんでくることも殆んどなかった。夏の緑に深く取りつつまれたようなこの家の二階の小さな部屋は、私の熱で息苦しく燃えているようであったが、私には寧ろ外界との交渉が杜絶えていることの方が今は望ましかった。〉

やがて「併し何をすれば私は生きていることになるのだろう」と、「私」はつぶやく。そんなある日、知人と話す父親の声がきこえる。

「あれも、あんな不自由な体で、ふびんでならなかったが、今となっては兵隊にとられることもないので、かえって仕合わせかも知れない」……と。それを聞いた「私」は自分のはかない未来を思う。だが、そのあとで父親のこんな声もれきこえてきたのだった。「息子に死なれたら、もうわたしなど、生きていられませんな」。父に先立って死ぬことをのみ考えていた「私」は、そのことばを心にしまう。

〈その夜、私は珍しく疲れをおぼえなかった。私は家に帰ると、机の上に日記帳をひろげ、次の一行を書いた。

「私はまた都落ちをし、再び田舎教師になることも拒まぬ、もし東京に職がないならば。」〉

　このくだりを読むたびぼくの胸はあつくなる。「私」が、さみしい日々を送るひとりの青年が、ほんの一瞬ではあるが、父親のことばにつつまれ、いのちがあたためられた。そのことに何かこちらまでが救われる気持ちになるからである。父親が息子を思い、その思いにこたえる息子の姿は人間の普遍的な感情にうったえる。だがその心情が客観的に納得できる、このような「開かれた」場面は、結城信一の小説ではまれなことなのである。この「私」のかなしみは父親のことばひとつでくつがえされるほどやわなものではない。

　だが「私」には少女がいた。「私」のいのちをあたためているのは慶子という少女である。彼女は一八歳で亡くなったが、このような「少女」のイメージは（「柿ノ木坂」以前の作品にすでにあらわれているが）、ときどきに名前と姿を変えながらも、結城信一の小説のなかで生きつづけることになる。若いときには少し年下の少女、そのあと主人公が年を重ねても、老人になっても、相手は少女のままである。その年齢は、一四～一五歳から二二～二三歳あたりまでと限られた。少女と「私」でつくる。それが結城信一の物語だった。

〈薄暗い玄関先に、気がぬけたように立っている影を見ると、思わず、

「礼子か」

と山部は呼びかけた。〉(「バルトークの夜」)

〈はじめて来たときの由紀子は、二十歳になったばかりのころである。

兄から紹介されたのでもなく、兄と一緒でもなく、由紀子は突然、単独で訪ねてきた。〉(「花のふる日」)

〈『カナリヤ』の企画が決定し発表された次の日曜日の朝、前触れなしに私は邦子の突然の訪問を受けました。〉(「文化祭」)

〈娘はときどき、お菓子の折などを持って、ふいと遊びにやってくる。食事を一緒にすることもあれば、お茶だけ飲んで帰ってゆくこともある。〉(「空の細道」)

娘たちはひとり暮らしをする主人公の家を、多くの場合、突然訪れる。そして語らいがはじまる。あるときは二人の間にたがいを愛し、いとおしむ気持ちがめばえることもあるが、それらは心のなかにしまわれる。姿が消えたあと、主人公は「眩暈（めまい）」をおぼえ、つらいひととときを過ごす。そのあとも、ときには何十年後も、そのおりのことが思われ、心の闇はふかまる……。

こうした一方的な、また長期に及ぶ暗い「恋愛」のドラマを作者は終生書きつづることになった。少女との二人きりの会話ははりつめたその文章がこの上なく過敏になり、不安におののき、そのために輝きをますのである。それにしても男性本位の、都合のいい設定だと思う人も多いだろう。若いきれいな女性が、「突然」いつもいつもあらわれるわけはない。でも結城信一の小説ではそうなった。少女という固定された人物にささやきかけるとき、彼の小説は燃えた。自由を味わったのだ。

〈好きな虫は、一に螢、二に蟋蟀、三に蟬、この三つは、自分には友人なのだ、と言うと、かおりは脇に寄ってきた。

すれすれにと思えるほどに寄添ってきて、

「私に、その墨を、摩らせてください」

戸村老人は駭いた。

《……手のふるえを、見られていたのだろうか……》（「去年のこおろぎ」）

〈ふいと、Nを訪ねたときとおなじかたちで、重い眩暈をおぼえてきました。林間の落葉の音が、凄まじい雨のように鳴りつづけていました。今、外で降っているのとおなじ音です。

《……此処のところで、終ったな……》

呟いているうちに、次第に気が遠くなって行ったようです。〉（「文化祭」）

「去年のこおろぎ」（『空の細道』）の老人の「駭(おどろ)」きが客観的にみて妥当なものかはあやしい。「文化祭」も「此処のところで」止めてしまっていいのかどうか。作者は「作者」であることにおぼれている、主観が強すぎるのではないかと思われるが、濃厚な、主観にもとづく文章にはそのあとも大きな変化は見られなかった。

「湖畔」は、かなりいりくんだ感情と行動を描いている。

〈怨んでいるのではなくて、誤解がとけるまでは教室に出まい、と心にきめていた。今は、先生がひとりでこの湖畔に来ていることを、十分に承知の上で今度も訪ねてきたのだ、ということを納得してもらいたい、そのためにわざわざ再びやってきたのだ、と黒木に向って語りたかった。〉

来訪の趣意を知らせる学生の気持ちだ。このくらいのこまかい心をもつことは人間として必要だとぼくは思いながら、あまりにもこまやかなために、何か冷たい、異様なもの、汚れたものにふれた感じもする。純粋なものと「汚れ」は背中あわせなのだ。少女たちに向けるいちずな思いも「奇特な情熱」「奇怪な思念」（「文化祭」）としかいいようのないものだった。純粋なものにはいつもこのような一面がつきものなのだ。その意味で結城信一の文学をただ、きれいなもの、澄みきったものとして見つめるわけにはいかない。

「流行作家」の状態をもつことができたのは、ひとつには作者が思うほど、期待するほど、その作品が孤高のものではなかったからだと思う。作者は「不吉」「駭く」「あぶない」「眩暈」「疲れ」「死」といったことばをさかんに用いた。それらはまるで季語のようにはたらいた。心の奥ふかいところから出たものだったが、ことばとしては通じやすいものだった。主人公が少女と思いを合わせられず、くたくたになって、しぼんでいくところも(「文化祭」)、そのようなことばがあることで、とてもよくその気持ちが読者に伝わるのである。小説の進行に対しては多少の「うたがい」をおぼえても、心の動揺や道筋に共感することができるのはそのためだ。

「奇特な」小説ではあったかもしれないが、ことばの上でも、内容の上でもひとつの「型」を反復した。その点で読者に安らぎを与えたかもしれない。また当時は人はみな「弱者」だった。力のない人間が、大きな荷物をしょいながら、恋愛を経験し、苦しみながらも自分の人生をつくっていくようすは、力と知恵にまかせる通常の戦後文学とはちがった、親しみを感じさせたかもしれない。その文学は、ひとりだけのものではなかった。そこには共感の人影があった。それは静かな、ひそやかなものであり、世間を動かすものではなかったが共感だった。

その意味で、繰り返しになるが、結城信一の作品は、ある種の風俗小説の世界のなかで生きていたのだと思う。作者は風俗小説も通俗小説も書いたつもりはない、というかもしれない。だがごく少数の人の心にゆきわたるものには、そのような影があるものである。

真剣なのに、その真剣さのあまり、ふらふらする。ことばのひとつひとつにいのちと気持ちがこめられた。重いはずなのに、風に飛ぶ。そんなもろさがあった。きびしい姿勢から生まれた緻密な作品だった。堅牢なはずなのに、甘いところがほのみえた。書いたことが、そこにこめたものが読者のもとではまったくちがうものに変えられてうけとられた。結城信一の作品はバランスを欠いていたのだ。

だが人間がつくる文学とはこういうものだ。これくらい「ぶれる」ものだ。自分に見えないのだ。また見えてはならないのだ。ひとりでつくる文学には、作者にも見えないものがあり、それがさらにそこにひとつの「世界」をつくるのだ。それがどんな「世界」なのか。結城信一を読む人は、それを知りたかったのかもしれない。

〈年老いた、みすぼらしいセザンヌは、エクスの町で、野良犬のように子供たちから石を投げられながらも、毎日アトリエにかよい、あの山の見える谷間への遠い道を歩きつづけた。ひたすら「モティフにゆく」ために。〉（「セザンヌの山」）

「セザンヌの山」という山は、ひとりの文学を書くことを心に決めた人にしか見えないものかもしれない。結城信一にとっては、連れもなく、ひとりで向かった山だった。でもその山は、選ばれた人だけではなく、心に決めた人だけでもなく、生きている人なら誰もが見たい、感じとりたいものでもあるだろう。げんにぼくは「文化祭」をはじめ結城信一の何作かを、親しい人の前で演じることがある。

こうなって、そうなって。おもしろいでしょ、いつもこんなふうでね、と。すっかりその世界を自分のものにしたような気持ちで話すのだ。でもこの話はどこかにありそうだ、とぼくは感じる。次に、この作者がいなければそれはどこにもないのだと感じる。もう会うことはできない、と感じる。そのうちに小説の文字は尽き、話は終わっているのだ。でもそれは楽しいひとときだ。それは作者が弱々しい恋情を描きながらも、恋をするもの、生きるものの強さをひそかに知らせているためだ。ぼくはいまそう思うようになった。

遠い名作

マルセル・プルースト『失われた時を求めて』全一三巻（鈴木道彦訳・集英社）がこのほど（二〇〇一年）完結した。「二〇世紀最大の古典」といわれるこの名作は、源氏物語の倍ほどの長さがあり登場人物は二千数百人。ともかく長い。人物のからみも複雑。買った人でも読み切った人はあまりいないと思う。ぼくも「買ったけれど読まない」ものの一人だ。子供時代から現在まで七回ほど、この名作を読む機会があった。

①ぼくがまだ四、五歳くらいのとき（一九五三〜一九五五年）、新潮社から本が出たとき。これはいくらなんでも知らない。

②ぼくが中学生のとき、各社世界文学全集にその一章「花咲く乙女たちのかげに」が入った。ぼくが早熟だったら読んだろうが、早熟ではなかった。

③三五歳のとき（一九八四年）、井上究一郎の個人訳一〇巻（筑摩書房）が出た（一九八九年完結）。ここでもぼくはパス。毎日忙しいので。

④一九九二年、鈴木道彦の「抄訳」二冊（集英社）が出た。これはダイジェスト版（一部を翻訳し、翻訳しないところはあらすじでつなぐ）である。「結局、読まない人も多いだろう」の親切心からつくら

れたので、世間はおおいによろこんだ。ぼくもこれならいけると思って買いそろえたが、そのまま。今日も朝日と夕日にあたっている。

⑤同年、井上究一郎訳（③）の文庫版（ちくま文庫）刊行（〜一九九三年）。

⑥一九九六年、冒頭の鈴木道彦個人訳刊行開始。大宣伝。

⑦それが今年（二〇〇一年）三月、完結。映画化もあって、また大宣伝。

ぼくはなんと四回も「この機会に読んでみようかなあ」という思いに強くさそわれながら、果たしていないのである。第一巻の最初の九〇頁あたりまでは何回も行き来するが、そこから先へ行かない。プチット・マドレーヌというお菓子を紅茶にひたす場面になり、ああ、ここだ、ここがあの有名な場面だと思い、安心してしまうのだ。紅茶のあとへ、すすまない。

今回の集英社版は、最終巻に登場人物、情景の総合「索引」つき。たとえば「イタリア人たち（商人）」の項をみると「大きなブリキの箱を下げた」人は何巻の何頁、「小さな人形を持った」商人は何巻の何頁というように。また「若い女」という、ただそれだけの名をもつ人物にいたっては、七人も登場する。

「アルベルチーヌが逢引を告げたかもしれない」若い女

「サン＝ピエール＝デ＝ジフ駅から乗ってきた輝くばかりの」若い女

「リヴベルで見かけた寂しげなブロンドの」若い女

「私が愛しているのにどうしても会えない」若い女……などと、区別されており、どこに出ていたかを忘れても、頁数や情景まで教えてくれるのだ。ここまでしてくれるのだから、これは最初で最後の、ラストチャンスかもしれない！

中学や高校の国語の先生だって、おそらく読み切った人はそんなにいないと思うが、実は、生徒のなかにこれを読み切ってしまう人が学校に一人くらいはいるものである。

高校のとき、よく図書館でそういう人を見かけた。たいていは女の子で、ともかくたいへんな量を読んでいくのである。「失われた時を求めて」は読むわ「ジャン・クリストフ」は読むわ「魔の山」は読むわ。「夜明け前」は読むわ。そしてけろっとしているのだ。えらい人だと思うけれど、こういう人は学校を出たら突然読書と無縁になり読書そのものから「卒業」してしまうことが多い。むしろ、あれも読まない、これも読まないという人のほうが、そのあとも気になるので「晴れない」気持ちをかかえながら、読書の世界にへばりついていき、おとなになっても書物とつながっていくのだ。そういう例は多い。

読書は一時のものではない。いつまでもつづくところに、よさがある。「読まない」ことをつづけることにも意味があるのだ。読書を「失わない」ことがたいせつである。

吐月峰

岡本かの子「東海道五十三次」（一九三八）の二人は、初夏のある日、東海道の旧道の旅をはじめる。

「私たちは静岡駅で夜行汽車を降りた。すぐ駅の俥（くるま）を雇って町中を曳かれて行くと、ほのぼの明けの靄の中から大きな山葵漬の看板や鯛のでんぶの看板がのそっと額の上に現われて来る。旅慣れない私はこころの弾む思いがあった」

そのゆくてに、吐月峰柴屋寺（とげっぽうさいおくじ）（連歌師宗長が庵をむすんだ）が姿をあらわすことになる。その場面。

「細道の左右に叢々たる竹藪が多くなってやがて、二つの小峯が目近く聳え出した。天柱山に吐月峰というのだと主人が説明した」「まわりの円味がかった平凡な地形に対して天柱山と吐月峰は突兀(とっこつ)として秀でている」

先日ぼくは、静岡に行った。遠くないので、二つの山（天柱山と、吐月峰）を見に行くことにした。

東京を出るとき、『昭和文学全集』第五巻（小学館・一九八六）で、あらためて「東海道五十三次」を読みなおし、巻末の解説に目を移した。瀬戸内晴美が書いていた。それによると、瀬戸内さんは一〇代のとき、この作品の世界にあこがれて、旧道各地を歩いた。

「実際に行ってみて、かの子が間違いを書いていることを知った。川端康成氏も私と同じことをして、やはりそれを発見されていて、『地理的にまちがっていたでしょう』といわれた。吐月峰柴屋寺の描写に、二つの山が背景にあるように書かれているが、天柱山も吐月峰も柴屋寺の山号で、実際の山はなかった」

なんと。山は、ないのである。

川端康成は「東海道」（一九四三年、満州日日新聞に連載）で柴屋寺を描く。川端康成はこの折りに、寺を訪ねたのだろう。文豪と、仏門の名だたるお二人がたしかめたのだから、山は「ない」のである。

そう思うべきである。

ぼくは夕方、東京をたち、夜の七時ごろ寺に着いた。夜だから寺のなかに入れないので、由来を記した札をみると、西方の「天柱山」を借景に、庭園がつくられているとある。ということは「天柱山」という名の山が存在することになる。

あわてたぼくは、近所の蜂蜜屋さんに飛び込み、そこのおかみさんに「天柱山って、ど、どの山ですか」とたずねた。おかみさんは玄関先に出て、うしろを振り返り、こともなげに「ほら、あれです」と指さした。それは蜂蜜屋さんの裏山という感じの小さな山だった。天柱山はあったのだ。吐月峰はどうか。あるのか。ないのか。

翌朝ぼくはまた寺に行き、寺の人の話を聞いて「天柱山はあれです」と教わった。蜂蜜屋さんの裏の山と同じ山だった。吐月峰についてもいわれを聞いたが、あれこれと教わるうちに、ぼくは頭がのぼせてしまった。あるのか、ないのかわからないまま、寺を出た。
もう一度か二度行けば、わかるかもしれない。

遊ぶ

『日本文學全集19有島武郎集』（新潮社・一九六二）の年譜の、明治四二年のところに、

〈この年、柳宗悦と知った。〉

とある。この年に有島武郎は、柳宗悦と知り合ったという意味だが、この「と」はあまり使われなくなった。現在は、「この年、柳宗悦を知った」というふうに「を知った」（あるいは「を知る」）になる。

「と」と「を」ではちがう。「と知った」はおそらく「と相識（あいし）った」

の略だろう。実際に会ったのだ。いっぽう「を知った」はこちらが一方的に見知った意味にもとれる。その著作を読んだとか、その姿をこの目で見た、というときにも使う表現である。

『現代日本文学館25』（文藝春秋・一九六九）、瀧井孝作年譜の明治四二年の項に「俳人福田鋤雲（じょうん）と知る」とある。『新潮日本文学4徳田秋声集』（新潮社・一九七三）の明治四〇年の項には、「この年、『未解決のままに』のお冬と相知った」。三〇年ほど前までは、「を」よりも「と」のほうが使われていたようである。最近「と」を見た。『結城信一全集』（二〇〇〇）の解題に「駒井哲郎と識る」とある。でもそれはめずらしい例。いま、「と知る」「と識る」と書けば「を知る」「を識る」の誤りとみられるおそれがある。

さきほどの『有島武郎集』の大正八年のところに「八月、三人の子供とともに北海道を旅行」とある。「を旅行」という書き方は、いまもあるけれど、ぼくの印象では「に旅行」「へ旅行」などがふえているようだ。

当時の文士はよく旅行をしている。それでも「旅行」ということばは、特に明治・大正の文士たちにはにあわなかったようで、岩野泡鳴とか国木田独歩などの年譜には「北海道に渡る」「樺太に渡る」のように「渡る」がよく出る。あっちこっちで、渡っているので、ほんとうに帰ってきたのかどうか心配になる。遠いところが、人間にはいっぱいあったということだろう。

「遊ぶ」も多い。「日光に遊ぶ」とか「耶馬溪に遊ぶ」「房総に遊ぶ」

とか。楽しそうだ。旅の仲間のようすまで、こちらに見えてくるようだが、仲間と別れてひとりで水辺を眺めている。そんな感じもある。いいことばだと思う。

「寄寓」「仮寓」「○○宅に寄宿」「○○家に身を寄せる」「○○と共同生活」「○○と同宿」などの語も多い。住むところがなかったし、あっても、すぐ追い出されたりしたのだ。兄弟や知人のやっかいになって生きるしかなかった。それでもだめだと「帰郷」。そして「再び、上京」となる。旅がふえるのである。

忘れられる過去

近松秋江の「黒髪」は、大正一一年の作品である。以下、講談社文芸文庫『黒髪・別れたる妻に送る手紙』から引用する。ルビの一部は省略。

「……その女は、私の、これまでに数知れぬほど見た女の中で一番気に入った女であった」

「私」（作者その人と思われる）は京都の祇園町の遊女に思いをよせる。

若くて、きれい。姿よく物静か、ときおり濡れる「黒眸（くろめ）がちの眼」も魅力。「こんな女を自分の物にする悦びは一国を所有するよりもっと強烈なる本能的の悦び」「身も世もありはせぬ」。彼女を自分のものにしたい、いっしょになりたい。彼女ほしさにせっせと仕送りをする。五年間も。

京都に出かけて会う。会えば彼女はうれしそうにするが、気持ちをたしかめようとすると、（まるで男のせりふのように）「又後で話します」「私又あとで逢います」といって消える。そのあと、現われたりする。その繰り返し。

〈「じゃ、これからそろ〳〵宿の方にゆこうか。」というと、

「私、今すぐは行けまへんの。あんたはん先き帰ってとくれやす。夜

になってから行きます。」

「なぜ今いけないの。一緒にゆこうじゃないか。」〉

彼女に「私」はだまされているのだ。読者にはわかる（はっきりわかる、すぐわかる）、「私」にもそれはわかるのだが、「私小説」は「私」の小説なのだから「私」の思い、「私」の観測がまちがっているなどとは思わない。たとえ思っても信じない。彼女を思いつめ、「私」はおぼれていくのだ。

「黒髪」は、待つことから生まれた名作だ。待っててねといわれて、男が待つ場面が多い。待つのは飽きるので散歩くらいしたい。でもほんのしばらくの間なので、あまり遠くへ行ってはまずい。

「女中の静かに汲んで出した暖い茶を呑んでから、先刻女と電話で約束した会合の場所が、そこからすぐ近いところなので、時計を出して見い〳〵遅刻せぬようにと、ちょっと其処までといい置いて、出て行った」

時計を見い見い、とはかわいいではないか。男は、好きな女のことになると、みなこのように、あほになる。そのあと、周囲の京の風景を描いたあとで（その文章がいつもいいのだがここではカット）こんなふうに書く。

「そして、あまり遠くへゆかぬようにしてそこらを少しの間ぶら〳〵しているところへ、此方に立って、見ていると細い坂道を往来の人に交ってやって来るのは、まぎれもない彼女である」

目をとめたいのは、「そこからすぐ近いところなので」とか、「あまり遠くへゆかぬようにして」ということばである。これらはいったいなんのために、書かれているのだろうか、ちょっと考えてみたくなる。簡単なようで、これはむずかしい問題ではなかろうか。

読む人のために、状況がはっきりわかるように書いているのか。たしかにそれは解釈として無理がない。でもこの作品は、彼女にふられることがわかってから、あるいはふられたあとで書いたのだから、つまり気持ちが落ちこんだあとで当時の模様を回想しているのだから、普通なら、つらくて思い出したくもないことだ。なのに、

「そこからすぐ近いところなので」

「あまり遠くへゆかぬようにして」

「此方に立って」

などとこまかいし、こう書くことに、かなしむようす、疲れるようすがまるでない。そのときは、うれしくて、楽しみで、希望があったにしても、どんなにそれがあったとしても、絶望、失望という結果のあとでは、くやしくて男なら書かない。男は失敗したら書かないものなのだ。ところが近松秋江は書くのだ。

そのときは、そういうふうにうれしくて、どきどきして、気はずかしくもあった。「私小説」家は、結果はともかく、そのときの思いを忠実に書き記してこそほんものなのだと思って、書いたのだろうか。ちがう。まったくちがうのである。この人は（この作家はと書こうとしたが「この人は」になってしまった）、いまも、この作品を書いているいまも、そう思っているのである。彼女を信じているのである。

いまも、いまになっても、希望があると思って書いている。ここがこれまでの「私小説」とは決定的にちがうのだ。

さて先に述べたような、不完全燃焼の「会合」は何度も、何度も繰り返されるのだが、「私」はそれでも待つ。でも、がまんできなくなるときがある。それはそうだ、いつまでも待てるものではない。こちらから、彼女のいるところへ出かけたくなるのがあたりまえ。そのときのようすは、こんなものになる（圏点はぼくが付けた）。

「依然として知らん顔をして何のたよりもして寄越さなかった。とうとう又根負けして此方から出かけて行って」

「私は、こちらでも稍（や）や暫く黙って、わざとらしく、じろ〳〵女の顔を見ていたが、やっぱり遂に根まけして」

「私は又女のいうことにいくらか不安をも感じたが、本来それほど性情の善くない女とは思っていないので、段々疑いも解け、その気になり」

「彼女は容易にやって来なかった。悠暢な気の長い女であることはよく知っているので、そのつもりで辛抱して待っていたがしまいには辛抱しきれなくなって」

待って、待って、待ちくたびれる。そして「根負け」して、自分から出かける。この繰り返しについて、秋江はどう思っているのか。同じことを書いているという気持ちは、ないのではなかろうか。そのときそのときに、そう思ったことが、秋江の場合絶対のもので、少し前に同じようなことがあったとしても、また書いたとしても、そうした過去のできごとはすっかり忘れられた。文章のなかの過去を消していくことができた。書いたことが少しも身になっていないのだ。これは一度書いたことをたいせつにする文学にはゆるされないことであり、なかなかできないことでもあり、文学としては新しいことである。

「女の約束していった二時間のちのたよりを、それがどんなものであるかという不安で堪らない中にもいい難い楽しみに充ちた期待を以って待つ心でいた」

こう書く秋江に、ぼくは感動を禁じ得ない。

「……読みさしの新聞などを見ながら女の来るのを今か〳〵と待ちかねていた。女はなか〳〵やって来なかったので、とうとう空腹に堪えかねて独りで、物足りない夕食を済ましてしまった」

「そんなことが二三度繰返された後、私はとうとう待ち切れなくなって、腹立ちまぎれに、又いつかの時のように、先きに一人で食べてしまったら、きっと来るだろう、早く顔を見せるまじないに先きに食べてしまおう、と思って」

いつだったか、先に食べていたら、彼女が来たことがある。そうだ、先に食べていようとは、ほほえましい。女と会うこと、抱きあうことと、食べることが、こんなに近づく。それは好きな女をもつ男たちの、隠れようもない、いつもの姿である。これまでの文学の人は、こんなはずかしいことは書かなかった。

秋江は書いた。

家を出ることば

近代劇の父といわれるイプセン（一八二八―一九〇六）の作品は、数年前に「ヘッダ・ガーブレル」と「建築師ソルネス」を読んで感銘をうけたが、だいじなものが残っていた。ノーラの出る「人形の家」である。きのう、はじめてこれを読んだ。晴れやかな、鮮やかな作品だった。

舞台でのノーラのようすは世界じゅうに知られているが活字で読むとどうか。ぼくはもちろんのことにノーラの姿を追いかけることになった。ノーラは想像以上に鮮やかだった。ノーラをノーラにしていく、イプセンの技にみとれた。特に第三幕、最終場面の、ノーラとその夫ヘルメルのやりとりはリアルで迫力がある。

ノーラにはひとつだけかくしごとがあった。それを知ったヘルメルは妻を激しくののしる。でもそれは妻への愛情ではなく、保身のためだった。ノーラはここでいったん目がさめる。それだけではなかった。事件が急に解決すると、一転、夫は妻をゆるす。そこでさらにノーラは目をさますのだ。そこからがノーラなのだ。

つらい三日間が終わり、夫が穏やかな口調で妻に語りかける場面(以下岩波文庫・原千代海訳より。一部省略)。

ヘルメル「もうこんないやなことは忘れてしまおう。ただ喜びの声をあげて、繰り返しゃいいんだよ、すんだ、すんだ！　って。どうした、ノーラ、——どうもよく、わからないらしいな。すんだんだよ。何だい、それは——そのむずかしい顔つきは？　ああ、かわいいノーラ、」

夫は、つづける。

ヘルメル「お前が、自分独りで何の処理もできないからって、おれの愛が薄らぐと思うかね？　いや、いや、——おれに寄っかかってればいいんだ、——助言もしてやる、指導もしてやる。そういう女の無力さは、二倍も魅力的なんだ。そのお前がわからなければ、おれは男といえやしないさ。最初びっくりしたときに、おれの言ったひどいことなど気にするな。あのときは、何もかもおれの上に崩れかかってくるような気がしたんだ。おれはお前を許したんだ、ノーラ。誓うよ、おれはお前を許したんだ。」

ノーラ「許してくださってありがとう。」

ノーラ、右手のドアを通って去る。

ヘルメル「おい、待てよ――。（中をのぞいて）そんなところで、どうしようっていうんだ？」

ノーラ「（中から）仮装を脱ぐのよ。」

ヘルメル「（開いたドアのところで）うん、それがいい、――くつろいで、元通り気が落ち着くようにするんだな、かわいい、おびえた歌うたいさん。安心して休むがいい、――おれが大きい翼をひろげて、お前をかばってやるからね。（ドアの近くを歩きまわりながら）ああ、何てわが家は気持ちがいいんだ、ノーラ。」

仮装は、クリスマスの仮装舞踏会の衣装。いましがたまでノーラは(重い苦しみをかくしながら)踊り狂っていたのだ。この「仮装」は、「人形」であるノーラの姿でもあり、ここでは二重の意味でつかわれる。しかもとっさに、つかわれる。実に巧みだ。それにしても、この夫のアホなこと。ノーラの急激な変化を少しも理解できないのだ。

ノーラの沈黙が深まるなか、ヘルメルの長いせりふを朗々と流すことで、二人の間の亀裂が浮かび上がる場面である。さて、ひきつづき、おばかさんヘルメルのことばを見ていこう(読む人には、とても楽しいから)。

ヘルメル「ああ、本当の男って、そんなものじゃないんだよ、ノーラ。男というのは、妻を許した、——心の底から本当に許したんだ、と自分で認めて、そういうことに何とも言えない心地よさ、満足感といったものを持つものなんだ。」

さて、すでに家を出る決心をしたノーラは、自分の気持ちを、力なく、語りはじめる。あなたは私を愛していたんじゃない、「ただかわいいとか何とか言って、面白がっていただけよ」。ヘルメルは、それでも幸福なんだよというと、ノーラは「いいえ、——陽気なだけよ」と答え、さらにことばを足す。「あたしは、もう、世間の人の言うことや、本に書いてあることには信用がおけないの。自分自身でよく考えて、物事をはっきりさせるようにしなくちゃ」「社会とあたしのどちらが正しいか、確かめてみなくちゃね」と。

一方、ヘルメルは「お前は何よりまず妻で、母親だ」「こういう問題に何か確かな手引きはないのか？　信仰の道はどうなんだ？」「お前は病気だ、ノーラ、——熱があるんだ」と、ただただ、うろたえるばかり。しまいには、お前の言うことがわからない、「もっと詳しく言ってくれ」。

ぼくもまたヘルメルである。このようなせりふを女性との場面でよくつかうし（？）つかわないまでも、いつでも取り出せる準備がある。女性に対するときばかりではない。窮地におちいった場面でこのようなせりふを思い描く。「もっと詳しく言ってくれ」。ものがわからないぼくのせりふはこれに尽きるのだが、現代の女性の心のなかにノーラがいるかどうかも疑問だ。「社会とあたしのどちらが正しいか」。こんなことを実地に思う人はどのくらいいるだろうと思うと不安になる。

ノーラのあとに、ノーラがあふれているのではない。ノーラがいないのだ。だから説明をしてくれる人もいないことになる。

「人形の家」で興味ぶかいところがもうひとつあった。心のうす汚れたクロクスタという銀行員が、ノーラの友だちのリンデ夫人に、ほんわかしたことばをかけられ、そのひとことで、翻意する場面だ（これが結果としてノーラとヘルメルの危機を救うことになる）。

クロクスタ「まったく信じられないな、こんな仕合わせな気持ちになったのははじめてだ。」

二人の愛はおもしろい。この愛のおもしろさの説明はほどほどなので（実際の人間の対話は、おもしろさについては伝えないものだ）、これはこちらで引きとって考えることだろう。戯曲は小説とはちがい、あとから要素を加えて書き上げる。そこに複雑な味わいが出るが、あまりこみいってもわかりづらい。「詳しく言って」はいけないところもある。その点でも「人形の家」は完璧だと思った。

「人形の家」を読む前、目をならすために「野鴨」も読んだ。「人形の家」とはまったく性格のちがうものだがこれも傑作だ。イプセンはつねに前作とはちがうものを書いて社会と「あたし」（イプセン）のちがいを見せつけていった。ぼくはまだ数作しか読まないがイプセンの書いた戯曲はすべてが緩みのない傑作で、読む価値のあるものばかりだといわれる。これほどの人は、近代になってからの文学の世界ではイプセンだけかもしれない。

戯曲は演じられることを前提とするので小説でいえば中編くらいの

長さを歩幅とする。ほどほどの長さのなかで世界をひろげ、楽しませ、考えさせる。この「ほどほどの長さ」はいま忘れられているもののひとつかもしれない。でもとてもだいじなものかもしれない。すぐれた戯曲はどうしても密度が高くなる。最初は読みづらい。でもなれてくると人間の日常のせりふをつくりだす、作者の知恵と力のあらわれが見えるようになるものだ。

清涼

いつからあるのか、清涼剤ということばがある。「一服の清涼剤」などとつかう。世間にはつらいこと、やっかいなことが多いので、清涼な気分を求めることになるのだろう。清涼飲料も疲れたときは有効。こんなもので、とは思うものの、のめば気分が変わる。清涼は、現実と別れるためのことばである。でも別ればいい、というものでもない。

おおぜいの人の前で、ある人が話をする。その話が終わったあと、司会の人や、係の代表みたいな人が、「いいお話でした。一服の清涼剤、という感じでした。みなさんはいかがでしたか」などと話し、拍手をうながす。そんなことばをもらうと自分の話はよかったのだと思い、話した人は決して不愉快ではない。だがこの清涼ということばには、世間を忘れさせるという意味が多分に含まれている。

その人は世間を忘れるような、夢物語を話したおぼえはない。むしろ反対で、世間を直撃する気持ちで、せいいっぱい現実的なことを話したつもりだと思うこともあるだろう。でもそれは清涼の一語に、からめとられるのである。

特に文学の話、小説や詩の話をするとき、清涼あるいは清涼に近いことばで、まとめられてしまうことが多い。小説や詩歌がどんなに世間離れした内容のものであっても、そこにひそんでいる人間の現実を話題にしようという気持ちで話しても、そのようにはうけとられない。文学も「現実」であることが忘れられているのだ。

おおぜいの人の前でする話は、多少世間とずれているほうがよい。そのほうがおもしろい。だから人が他の人の話をきくことは、小説のなかに入るようなものであり、そこが「絵空事」の世界であることを、みなで楽しむことなのだ。でも話を深め、強めていくうちに、話は現実にふれる。現実に強くわけいる。かかわる。それが話というものである。

そして話をきく人はいつのまにか「絵空事」のなかにいる自分をぬけだし、話の現実味に打たれる。それをよろこびに感じるようになる。

これはひとつの「変化」である。話をきくことは自分の「変化」を楽しむ機会でもあるのだ。だが「変化」というのは人間にとって、とてもはずかしいことなのだ。自分が別のものになるのだから、顔を伏せたいところなのだ。

そのはずかしさを「一服の清涼剤」ということばで打ち消すことになる。そういう道筋だろう。しかしほんとうに「清涼剤でした！」と思われたとしたら、さっぱりと、簡単に、処理されたとしたら、話した人は、そんなはずではと思う。あれえ、と思う。これから先のことも考える。今度話すときはちがう話にしようなどと弱気になり、しおれてしまうかもしれない。そうなれば、話す人にも「一服の清涼剤」が必要になる。

ぼくのたばこ

起承転結

原稿を書くとき、たばこのお世話になる。文章のコーナーごとに。文章には古くから「起承転結」というものがある。これに沿って書くと、うまくいった場合は、ほめられる。うまくいかなかったときは、その反対。人生の分かれ目である。

さて。「起」は、スタート。ぼくは朝、起きるとき、起きようと思ったら、ぴょんと飛び上がってしまうのである。文章の起床も同じで、目をあければ、はじまってしまっている。あらら。ここでは、たばこはいらない。

「承」は、「起」をうけて、波乱のないように、進むもの。このときは、周囲を見回すように、少し範囲をひろげて、書いていくといい。ちょうど、目があいてから、まわりを見回すみたいに。このとき、人間の神経はこまかくなる。つまり「起」以上の注意力が必要だから、少し、たばこ。

「転」は、これまでとはちがって、思い切り、飛躍する場面だ。まったく関連のないほど遠くのことがらに話をもっていく。こんなことを持ち出して、あとでうまくまとまるか心配。でも元気に、大きく跳ぶのがコツ。ここで強烈に跳ばないと、文章の輪郭がうすぼけるのである。腕のみせどころだが、なにしろ、いまの自分を「越える」のだから緊張。それをほぐすのに、たばこ。期待と不安をかくし、すぱすぱ。「結」は、着地。これまでの三つのパートを溶け合わせ、全体をまとめる。これがむずかしい。自分の、つまり人間の力ではどうすることもできない。ここでたばこが、にっこり、ほほえみを浮かべながら登場。煙のなかで、美しくとりまとめてくれる。

読書の友

たばこを吸うときは、一本一本それぞれに理由というか、気持ちの状況が、ある。たとえば一人で本を読むときのたばこには、いくつか「種類」があると思う。まず最初は、主人公の名前をおぼえられない。

てこずる。記憶の仕切り直しをするのに、たばこはとても有効。一本で、ずいぶんおぼえられる。

次は、佳境に入ったとき。とてもいいところなのに、ある場面で、ふと顔をあげて、たばこを吸う。いよいよだなというときなので、こちらも呼吸をととのえなくてはならない。こちらあってこその、名作だから。

その熱した世界から少しだけ離れるかっこうをしてみるのだ、たばこで。するとそこに透き間ができるから、感動がさめたり、濡れ場がかわいたりして（？）、ときには、どこまで読んだかわからなくなったりもするのだけれど。でも、美しい「山」が見えたときは、一気にのぼらずに、しばらくその「山」のかたちを味わう。そういうゆとりはたいせつ。佳境が過ぎ、いささか作品がだらけてくるときも、たばこ。作者の気持ちもゆるんでいるのでこちらもゆるむ。この機会に当方も疲れをとる。

さて、終章は、まとめだから作者も表現に拍車をかける。最後の一ページともなると、すぱすぱ。うまく終わってくれよ、感動ください ねと、お祈りしながら。

そして無事、読み終えたところでも、たばこ。このときのたばこは、長旅を終えたねぎらいのしるし。煙のなかでもう一度、一冊のここかしこに、さわってみる。うん、自分が選んだだけに、さすがにいい本だった（！）などと思う。

ふたり

ひとりで吸うのもいいけれど、ふたりでたばこを吸うときがある。これもなかなか味のあるものだと思う。ふたりの相談が、岩に乗り上げていたりするとき、すっと、たばこが見えると、とても助かってしまう。煙によって時間がとぎれ、いい方向に切り替わる。「はい、ぼたもち、どうぞ」では、にあわない。ここは、たばこ。

仲のいい相手だと、おたがいのたばこの関係というか、タイミングも、いいものである。そうか、いま吸っているのね、ぼくはちょっと待ちましょう、とか。さて、こちらは吸いますよ、ほら、どうします？　とか。どんな場合でも、呼吸が合うものである。はじめて会う人でも、あまり心が通わない相手のときは、たばこのラリーが、うまくいかない。なんだか、ぎこちない。また、話をして、別れたあと、それまでは全然吸わなかったのに、とたんにすぱすぱ吸っているのは、そのときの話に、あるいは相手に対して不満が残ったことの、ひそかなあらわれかもしれないのである。

喫茶店などで、カップルの「たばこぶり」を見れば、そこに恋があるのか、愛があるのかなくなったのか。これからどうなるのか。遠くからでもわかるかもしれない。ま、そんなこと、大きなお世話だけれど。

こちらが吸うのに、向こうが吸わない。あら、さみしい。と思っていたらその人が最後になって「ぼくも吸っていいですか」。そこから熱烈なラリーがはじまり、話がはずんだりする。

そのとき、「人間とは不思議なものである」なんて話をしたりすると、不思議なことに、なぜか、ぴったりするものである。

コーヒーか干柿

「故旧忘れ得べき」「如何なる星の下に」「いやな感じ」「死の淵より」など、高見順にはいくたの名作があるが、戦時中に発表された長編「東橋新誌」を読むことにした。三六歳のときの作品である。『高見順全集』第二巻（勁草書房・以下新字新仮名に変えて引用）にはおさめられたものの、各社の文学全集の『高見順集』（一〇点をこえるが）には収録されていない。

昭和一八年一〇月三〇日から翌年の四月六日まで、「東京新聞」朝刊に一四〇回にわたって連載されたが、新聞社の都合で（夕刊廃止で朝刊の紙面が縮小）中止になった。同一九年一一月、六興出版部から『東橋新誌・前篇』の題で出版。後篇は書かれず、未完となった。

「東橋新誌」の「東橋」は「とうきょう」とよむ。隅田川にかかる吾妻橋の旧称のひとつで、漢学者依田学海の「墨水廿四景記」の品題「東橋暁靄（とうきょうぎょうあい）」による。

　語り手の「私」は、戦地から帰った小説家（高見順は昭和一六年、徴用令をうけて陸軍報道班員となりビルマ、タイへ。昭和一八年一月に帰還、この作品を書いたあと再び報道班員として中国へ渡った）。

「私」は小説の途中で、こんなことをいう。

〈私がビルマで親しくした将兵の方々は、今もって前線で戦っている。命を投げ出して戦っておられる。

赫々たる戦果、――これを、内地にある私が、ただ喜ぶのでは申訳ないのだ。戦果の蔭の幾多の英霊に感謝の合掌をたてまつらねば申訳ない。内地にある私たちも、ともに命を捧げて戦う決意を誓わなくてはならないのだ。〉

〈かくて私は本紙から小説をもとめられると、決戦下の頼もしい庶民の、緊張のなかにも頼もしいゆとりを失わない生活、余裕綽々と決戦生活を送っている人々の姿、そうしたものを私は小説に書いて、そうしてその人々に送って、楽しんで貰って、日々の緊張のためのいくらかの慰楽に資し得たらと考えた。〉

登場する人たちの生活も考えも戦時一色である。戦争にはむかう人、たたかう人は、出てこない。それが日本のすがただった。自由がうばわれ、考えることのなかみもひとつにされてしまった時代にゆるされる小説は、どうしてもこのような国策文学調のものになる。

川邊は靴屋をやめ、航空機の部分品をつくる工場につとめる。「産業戦士」の仲間入りである。工場の社長桝谷(ますや)は偶然にも川邊の義太夫仲間。工場では徴用で来た元雑誌記者の桐野、鮨屋から転業の常さんや、カボチャ顔の房田も働く。軽演劇の文芸部員である比良、かつての「支那浪人」古市などの隣人も登場。浅草の踊り子も。

工場開きの記念日のようすを見てみよう。

桝谷社長はその日、工場で働いていた男の妻を招待する。夫は近く戦地から戻るが、工場には戻れないという。右腕を負傷したらしいのだ。それでも戻ってきてほしい、何もしなくていいからと、桝谷はいう。「うちから発(た)って行った人だ。それを迎えて、うちで又及ばずながらお世話する位は当然の義務です」と。鮨屋をやめた「常さん」は、みんなのために「今日は鮨屋に戻って応援をしていた」。

山形という箱屋が、その日、呼びもしないのにあらわれる。

〈「今日は又こちらは……」

と箱屋の山形も、眼をパチクリさせていた。

「今日は工場開きの記念日で、会をやっている所なのさ」

「あッ、左様で。ちッとも知りませんで、お忙しいところを、これは飛んだ……」

では日を改めてと言ったが、用向だけは述べた。一口で言えることだった。工場に入れて貰えないかというのだ。

「箱屋を、あたしもいよいよ廃業です」〉

箱屋の件はこれで打ち切りになるが、ちょっとしたところに出てくる人が、時代をあらわし、印象を残す。それでも、こうした市井のようすをとらえるうまさは「如何なる星の下に」などで感じとれたものだけに読者にはさほど新鮮味はないかもしれない。「東橋新誌」は、そうした既視感にみたされたものなのである。

いうこともいえない。書くことも書けない。何を書いても発展しない。町の人たちの人情も、恋も、できごとも徹底しないので、そのまでしおれるような、中途半端なものになる。ほんとうには何も書かれていないのだから、読むほうはどういう構えをしたらいいのかわからない。その意味では書くほうも読むほうにも、不幸な小説なのである。でも作者の目と心は死んでいない。

〈――川上（かわかみ）へと歩いていた古市老と比良が、いつの間にか、川下（かわしも）へと逆転している。〉

これは第五章「その三　都鳥」の冒頭の文だが、「逆転」とは強いことばだ。ぼくはなにごとが起こったのかと思った。実は二人で話をしていて、ひとりが急に、ある人物に会いたくなり、行き先を更えただけの話なのである。ここは「逆転」ではなく、もっと穏当な言い方があるとは思うのだが、作者はここで、このことばをつかいたいのだ。思うようにならない辛さをいつも感じているので、ちょっとしたときに、普段とはちがうことばで自分をあらわしたくなるのだ。

ひとつの方向に時代が流れ、もうどうにもそれにさからえなくなったとき、日常のひとつひとつの行為や思いは、どのようなものとして人の気持ちのなかにおさまるのだろうか。いっときいっときの気持ちが、行いが、どのようなものとしてその場を占め、また、かくまわれていくのだろう。それは想像するだけでも、苦しいことだ。人としていちばんつらいこと、普通の神経では耐えられないことだ。そう思うとき、こうした往来のちいさな描写を通り過ぎることはできない。他にも印象的な場面がある。

以前来たことのある喫茶店に、桐野が入る。すると、女性の店員は、「コーヒーか干柿に成りますけど」というのだ。同じことを、何回もいう。コーヒーと干柿とは、妙なとりあわせだが、戦時のことゆえ出る品はこういうものなのだ。外へ出ても、このことばは桐野をゆさぶる。ずいぶんあとまで、彼のなかに、とどまる。

〈「コーヒーか干柿に成りますが」

これである。頭のなかに充満していたこの言葉は、今はもう退散しつくした。だが今は意識して、口の中で言っている。味わうように言って見る。自分から呟くのである。

「なにかにか、なにになにに成りますが」

前には無かった新しい言葉だと思う。いろいろに融通がきく。嚙めば嚙むほど味が出てくる。興味ある色々の事柄の出てくる言葉。〉

生活の変化を、ただ辛いものとは思いたくない、「新しい生活から新しい何物かを得る様に」しなくてはならないと、作者は桐野に語らせる。どんな時代にも味わいがあるというこの考えは、結局のところ国策に寄り添うものだったのかもしれない。だが耳に入れ目にしたもの、その場の自分を高見順は排除しなかった。ゆるされるところまで、時代の底にとどまり、人として必要な想念があらわれるのを待った。その思いが何を切り開くかも、そのあとどうなるかも見えないまま、自分の小説を待ちつづけた。

郵便

手紙の最大の特徴は、届くのが「遅い」ことである。配達の標準日数はわかるものの、いつ相手に届くかいまひとつ不透明であり、「見えない時間」にゆさぶられる。だから誰もが「郵便物にまつわる時間の思い出」をもっているはず。

「着いた」「まだ着かない」と、やきもきすることも多い。返信が来ないと「読んで感情を害したのではなかろうか」「引っ越したのか」「旅行にでも出ているのか」と不安になる。不確定要素の多い世界なのだ。

明治三八年、「新小説」編集長で、小説家の後藤宙外（東京・三八歳）と、「新体」詩人、大塚甲山（青森・二五歳）の手紙のやりとりがみえる（伊藤整『日本文壇史9』講談社文芸文庫）。

一二月七日、後藤のもとに、徳冨蘆花から手紙が来た。そこに大塚が「後藤の雑誌に詩を書いたが、原稿料もない」というようなことをもらした手紙を掲載した雑誌「光」（一二月五日発行）の切り抜きが同封されていた。

〈詩〉だから原稿料なしでいいと承知したはずだと、編集長後藤は憤慨し、「掲載いたし置きたるは、小生一代の愚に候ひしと存じ候」と、大塚に書き送った。その手紙が着いたとき、問題の「光」は、まだ青森の大塚のもとに届いていなかった。そうこうするうち、後藤から二四日付で、大塚が以前に送った詩の原稿の束が大塚のもとに返送されてきた。二日後には、はがきも届いた。「大に御奮発のやう切希望候」のことばを添えて。絶交状である。

後藤との関係を足がかりに文壇に出ようと念じていた大塚は、絶望的な気持ちになり、翌年一月三日、あれは貧窮生活ゆえにふともらしたことで、活字になるとは思わなかったなどと長い弁解の手紙を書いたが、両者の関係はとだえ、大塚の文学活動はここで終止した。

だが絶交まで数週間を要するというのが、手紙のいいところ。いまなら一日だ。電話で「絶交だ。ガチャン」。

数週間もあれば、人はその間に、あれこれと考えるものである。現に後藤は、怒ってはいるものの、最初の手紙で「何ういふ御考にての御放言に候や承り度候」あるいは「果して『光』の書簡は貴下の手に出でしや否やをたしかめたきものに候」などと付け加えている。怒りのさなかにも、それなりの余地が手紙の世界にはあるもので、一大事であっても、ものごとがゆっくり進行しているのだ。手紙のスピードのように。つまり人間は、その時代の郵便の速度に合わせてものを考え、ことを行うのである。

ぼくは知らない町に行ったときなども、郵便局（本局など大きなところのほうが楽しい）のなかをよく散歩する。何か新しいチラシはないか。どんな「お知らせ」が張ってあるか。局員の応対ぶりはどうか。郵便局に来る人たちのようすから、その町のようすがわかる。郵便局のなかを、ゆっくりと買い物でもするように回って、切手のひとつも買って帰るのである。この間は、中村汀女と中谷宇吉郎の記念切手を見つけた。

デートのようなときも、よく郵便局を利用する。たいせつな時間だ。二人で、ゆっくり歩く。

クリームドーナツ

クリームドーナツという呼び名のパンが好きだ。二年前から、Ｋ駅のわきにあるコーヒーとパンの店に通う。一二〇円。やわらかくて、おいしい。この店でつくるものが特においしいと思う。どうしても原稿が書けないときとか、書けるなこれはと思ったときなど（矛盾するが）この店に、飛んでいく。ミニバイクで八分。クリームドーナツに到達である。

調子のいいときは、そこでクリームドーナツを三つくらいたいらげたいのだが、店の人に、「あら、あの人、またクリームドーナツだわ」とみられるので、ひとつふたつ別の種類のパンをいっしょに買う。するべきことはした。店の椅子にこしかけ、ひと息つく。それからまず二番目に好きなアップルパイを消化。そして目標のクリームドーナツを消化する。ひとつの、おわり。

静寂のひとときが、おとずれる。それから、袋のなかの「テイクアウト」で買ったもうひとつのクリームドーナツをそっと出して、食べる。この手順だとあまり目立たない。

雨の日も風の日も、いまだと決めたら飛んでいく。天気が荒れてきて、途中で引き返したくなっても、あきらめない。雨でびしょぬれになって戻ってくるときもある。犬みたいに。

五〇歳を過ぎた。するべきことはした。あとはできることをしたい。それも、またぼくはこうするなと、あらかじめわかるものがいい。こんなふうな習慣がひとつあって、光っていれば、急に変なものがやってこない感じがするのだ。

店の黄色い袋がずいぶんたまった。好きな本などをそこに入れたり出したりして、ぼくは子犬のようによろこぶ。この間、ある人が、

「そういうことなら」

と言って、同じような店の赤い袋を、ぼくにくれた。

途中

ちょっと特殊なことばを記しておこう。それは「途中のことば」ともいうべきものである。

以下の作品というか、ことばの作者は、許萬夏（ホ・マナ）。一九三二年生まれ、釜山在住の、韓国の詩人だ。

彼が一九九九年に出した詩集『雨は垂直に立って死ぬ』（ソウルのソル出版社）は好評で、現在五刷。このほど「東西通信」というぼくらの小雑誌（たった一六頁、百円）の最新号で、その詩集のなかの四編を紹介することになり、作者の許さんが日本語に訳したものが、このほどぼくのもとに送られてきた。まだ雑誌は出ないので、ここで作品を紹介してしまうわけにはいかない。ほんの一部だけを引用することにしよう。

許さんとしては一応自分で日本語に訳してみたけれど、これでどうだろうかと、こちらに相談しているのだ。こちらの意見を、彼に送る。何往復かがあって、翻訳は完成するのだ。

さて、その一編「悲しみの積雪量」のなかに、こんなところがあった。

雪の白い身もだえは　地面に触れるやいなや（触れた瞬間）柔らか

に死ぬ。自己の最期を覆うために　ふたたび（新たに）降りだす
（降りしきる）哀しい積雪量。

ここは（　）にしてもいいと、作者は伝えているのである。つまり「触れるやいなや」は「触れた瞬間」でもいいというのだ。ここは「触れた瞬間」のほうがすっきりしていいかもしれないと、こちらは考える。

次は「ふたたび」か「新たに」か。ここは「新たに」を採ったほうがいいかな。しかし最初のほうを「触れるやいなや」にし、あとを「ふたたび」にするほうがもっといい。と前後の関連で、ことばを確定する。

このように二つ以上ことばを書いてくれると、作者の意図も明確になる。詩にとっては、いいことだ。

というわけで、ぼくは（　）をひとつずつ消す。（　）をなくすことが、こちらの仕事なのだ。でもぼくは、この（　）が付いた状態の原稿もそれはそれでいいものだなと感じる。これはこれで「作品」だと。

ふたたび（新たに）

という仮設のことばそのものが、おもしろいではないか。「ふたたび」か「新たに」ではない。「ふたたび」でもあり同時に「新たに」

であるという新しい世界が、そこに浮かんでくるのである。また、他の詩では、

海の（磯の）かをり（におい）を

と、許さんが書いてきた。これもおもしろい。そう思いながら、気がつくと、どちらかが消えているのだ。こうして途中の世界は、すべて（ぜんぶ）沈む。

おとなのことば

伊藤整は一〇代のとき、「面倒な言葉」という詩を書いた。その一節。

私の習つた言葉には
妙な昔からの　平凡でゐて
案外わかりにくい　表現の仕方があるのだ。
あゝ　それを　街の年よりたちは

ほんたうに見事に使ひこなしてゐる。
膝もとの煙草盆で
煙管（キセル）をたゝきながら。

おとなになるとは、おとなのことばを使えるようになることだった。ところで「平凡でゐて／案外わかりにくい」ことばとはどんなものか。伊藤青年の父親の世代の会話から「面倒な言葉」と思われるものをさがしてみよう。『明治の文学18徳冨蘆花・木下尚江』（筑摩書房）に収められた木下尚江の「火の柱」（明治三七年）の会話（以下ルビの一部省略）。

『私は酒を用ひませぬから』

『お手にだけなりともおとり遊ばせ』

『イヤ、私は一切、用ひませぬから』

明治の頃には酒をのまないことを「酒を用いない」と言った。いまはまったく存在しない、それこそ用いることのない表現だ。「実意の男（ひと）が無いんですよ」「自分等の安楽が出来ない」「自分ばかり栄耀してる」「萬事貴下の方寸（胸のうち）に在ることでは御わせんか」（心臓は一寸四方の大きさとみられていた）「人情を解せん石部党で」などもそうだ。

ひところまでの世間でよく使われたのは「塩梅」（按配）だ。塩と梅酢で料理の味加減をしたことから生まれたもので「いい塩梅だ」「塩梅が悪くて寝てる」「適当に按配する」などと。「観念」も使われた。「時間の観念がない」「職業に対し、友人に対し、事業に対する観念が皆な其れでした」（「火の柱」）などの「観念」は、それはそうすべきだといった考えを指す。「観念しろ！」は、あきらめろの意味。「融通」は「資金を融通する」「融通がきく」など。「勘定」は「勘定を済ませる」「列車の待ち時間を勘定に入れて」「こうすればみなが得をする勘定だ」で、それぞれ微妙に意味がちがう。「身上」（しんじょうと読むときもある）もさかんに使われた。「身上をこしらえる」「身上をつぶす」は、暮らし向きや財産。「それがあなたの身上で」となると「とりえ」の意味に変わる。「羽織へ染みでもつけてみろ、身上だあ」の「身上」は一大事、災難。「了見（料簡）」は「どういう了見だ」「悪い了見を起こす」「了見が狭い」など、考えや心のもち方。

「どうか了見してくれ」の「了見」は「許す」「こらえる」の古風な言い方だ。

「器量」も、使い途の多い便利なことばだ。「指導者としての器量（人徳）に乏しい」「器量（評価）を上げる」「器量（顔だち）よし」「器量（才能）だおれ」と、それぞれで意味がちがう。「笛の御器量たるによって」（平家物語）の「器量」は名人の意味だ。

こうしたことばはいろんな場面で使える。それこそ「融通がきく」のだ。「塩梅」「勘定」「身上」「了見」「器量」あたりを使いこなせれば一人前。おとなはこうしたことばで間に合わせる。少ないことばをうまく使う、使い切る。おとなでなくては、できないことである。

「勉強」は、関西では「思い切って勉強しときます」のように値引きを指すなど幅広いが、勉強するという普通の意味で使うときも、いまとは少しちがう響きがあった。「火の柱」で、娘の部屋で話をした父親が、娘の部屋を出ていくとき、

『……モー九時過ぎた、是りや梅子飛んだ勉強の邪魔した』

という。梅子が、ほんとに勉強していたかどうかはともかく、「勉強の邪魔したな」などといわれると、娘も悪い気はしないものである。おもしろみのあることばだと思う。おとなは、おもしろい人たちなのだ。

すきまのある家

いなかの家は日本海の浜辺といっていいところに、ぽつんとある。この夏帰省した。三日ほど。母と二人で、ごはんを食べ、テレビを見る。夜、母は、早めに眠る。ぼくは夜明けまで仕事だ。

まわりは、静かな夜の松林。物音ひとつしない。仕事はあまりの静けさに、はかどる。そしてときどき退屈になる。部屋には、ぼくひとりしか人間はいないから。

するすると、音がする。なんだろうと畳の上を見たら、小さなカニが歩いている。一円玉ほどの小さなものだ。よくあるような普通のかたちをしているが、体は、淡い茶色一色である。子供ではなく、おとなのカニだろう。こきざみに動きながら、どこか落ち着いていて、こちらを見ているような気もする。

この三日間というもの、一晩に、一匹は、カニが出た。それぞれ同じものではなく、別のカニらしい。小さいので、顔はよくわからないが、ようすがちがうのである。

やっぱりそうで、最終日には同時に二匹出てきた。ぼくが「あっち行け」という顔をすると、さわさわと音を立てて、ひっこむ。ぼくがふとんに入ると、しばらくして、暗闇のなかで、大きな音がした。あまりの音にぼくはおどろき、また蛇でもやってきたかと思う。電気をつけるとカニだ。手提げ袋の上にあがって、下に落ちたらしい。

「君ね、よくそんな小さな体で、大きな音を出すものだね」

と、ぼくはつぶやきながら、またふとんのなかに入るのである。

川も海も近いので、カニがいるのかもしれない。家は木造で、すきまがあるので、いろんなものが入ってくる。ヤモリ、ムカデ、カナブン、コオロギ、スイッチョなど。あと、知らない名前の虫。昔からわが家は、それが当たり前だった。こういう「すきまのある家」は、わが国ではだんだん少なくなっているだろう。

すきまから入る、こういう生き物を見ていると、思う。家の外側で生きてきたこの生き物たちは、この世界について、ぼくのあまり知らないことについて知っているのではないか。こちらが想像している以上に、知っているのではないか。すきまから入るところを見ると、その知っていることをこちらに伝えたいらしい。「たいしたことではないのだけれど。それほどのことではないのだけれど。こちらとあなたはちがうのだけれど」というような、そんな歩調でカニは部屋を横切っていくのだ。

ものごとがゆきづまる。見えなくなる。あるいは人間のための空気がうすまる。そんなときにすきまを見つけて、ふらりと入り、ことばを置いて消えるような。そういうものに見えなくもない。

ともかく今年の夏は、カニが多かった。

池

いくつもの地図がある。いくつかの地図の書き方がある。

知らない町に行くときは、古書店を回るのが楽しみなので、全国の古書店の地図を記載した本を持参する。その種のもので、いちばん利用されるのは、Aという出版社が出しているもので、これはきくところによると一年ごとに改訂されているらしい。だから正確だ。頼りになるのである。書店でよく見かける。全国的にはいちばん売れているものだ。ぼくはそれを使ったことはない。なぜなら少し値がはるから。

ぼくは、あまり出回ってはいないが、別の出版社から出た古書店のガイドを愛用する。いつだったか、その編集部の人からもらったのだ。何年か前、若い人たち五、六人と前橋に行った。ぼくはそのガイドを開く。あ、ここにある。ここに行こう、と。それでいくつかの古書店を見つけた。でもなかには、引っ越したり、閉鎖した店もあった。その本の情報は古いのである。一〇年ほど前につくったものだから、おそらく情報は一五年以上は前のものだろう。

「あら、こまったね」

ほんとに、こまった本なのである。でもぼくはこの「こまった本」と、いつもいっしょなのだ。この本の地図は、とても簡単である。たとえばF駅がある。その周辺に、道が二本ある。その間に、ぽつんと

「○○書店」などと古書店が記してある。でも目印がない。あってもおおざっぱなので、たどりつける人はいないと思う。雰囲気的にも、そういうところがある。

ある頁などは、とても不思議なことになっている。S駅がある（その周辺を四角い線で囲っている）。その駅から少し離れたところに、池がかいてある。「△△池」と。でも、その地図のどこを見ても、肝心の古本屋さんが記されていないのだ。書き忘れたのだろう。こまったね。

そういうところが実はいっぱいあるのだ。不要なところが鮮明で、必要なところは、さっぱりなのだ。これでは役に立たない。ぼくは九州へ行くときも東北へ行くときも関東へ行くときも、そして都内を歩くときも、この本をもっていくのだが、こまるのだ。想像力は鍛えられるけれど。

この間その新版が出た。それは別の人からもらった。数年ぶりの改訂だから、ぼくは期待した。でも現実は甘くはなかった。改訂したところもあるが、あいかわらず「とぼけた」ところがあり、なかみもそれほどあらたまっていないのだ。兄の次に、弟が生まれたようなものだ。

でもぼくはこの本をかかえる。他の正確な本には目もくれない。こまったね、といいながら、池を見つめる。

鉄の幸福

『週刊・鉄道の旅』（講談社）の創刊号は「大井川鐵道・飯田線」の特集だ。以下、「嵯峨野観光鉄道・叡山電鉄」「釧網本線・石北本線」「小海線・しなの鉄道」「五能線・津軽鉄道」とつづきJR・私鉄一〇〇路線（五〇冊）を紹介。売れ行きがいいらしい。鉄道ファン（マニア）がいかに多いかということになる。

「廃線を訪ねて」というコラムもある。第一回は「坂川鉄道」。木曽川支流の川上川（かわうえ）の渓谷を走る軽便鉄道（一九二六〜一九五六）で、廃線から半世紀近くたったいま線路はないが、鉄道跡の道はあり、「地域の人たちの記憶は色濃く、みな親切にその場所を教えてくれる。天気のいい日に訪ねたい小鉄道跡だ」（杉﨑行恭）とある。

鉄道ファンは新線開通となると真っ先に乗り、廃線と知ると最終列車をカメラにおさめ、鉄路が消えても「廃線の旅」をするのだから、二倍も三倍も幸福を手にしていることになる。鉄道ファンはこまかいことにも詳しいので、鉄道について不正確なことをいうと、いや「思う」だけでも叱られてしまう雰囲気がある。

男性に比べると、女性にはあまり鉄道ファンはいない。男はものごころつかないうちから本能的に「動くもの」が好き。昔、獲物を追いかけた名残なのかも。鉄道は同時に「動かない」世界でもある。一地点から別の地点への、不動の一本道。そして関係者以外には動かせない列車の「発着時刻」。こうした拘束性に男性はしびれるらしい。鉄道の旅は、おどろきの連続である。おどろくたびに、鉄道の知識はふえていくのだ。

［自分でドアのあけしめをしなくてはならない列車］

東京近辺では八高線、相模線などの一部の車両。はじめての人には、おどろきである。

［直流・交流切り替えのための消灯］

北陸本線の長浜付近。夜だと、しばらくの間、車内が真っ暗に。

［ループ線］

大型時刻表の線路図からも、はっきりと読みとれるが、上越線（新幹線ではなく在来線）の上り線、越後中里・湯檜曽の間で、列車が螺旋状に迂回する。急勾配を緩和するためだ。下り線の地中深くにある土合駅も絶景。はじめて「体験」したときの感動は忘れられない。

［スイッチバック］

ぼくの知っているのでは信越本線の二本木駅（新潟県）が、そう。急に停車してポイントを切り替え、逆方向に列車が走りだすので、たまげる。これも勾配を和らげるため。

［座席の回転］

走行方向が変わるため、座席を乗客全員で一八〇度回転させる。はじめての人は、なにごとかと思う。

こういう事態に「乗り」あわせて、おどろくようでは、鉄道ファンとはいえないのだろう。「アプト式鉄道は、碓氷峠でしたっけ」とでもいおうものならたいへんだ。「アプト式はいまは静岡の大井川鐵道井川線、アプトいちしろ駅・長島ダム駅間だけだろう」。鉄道ファンはなんでも知っている。

ぼくの鉄道の思い出は、旧北陸本線の杉津駅周辺の光景だ。列車は日本海沿いの山の上へ。そこで列車は、まるでお休みでもとるように、海を見ながら、ぼうっと止まるような感じになるのだ。則武三雄編『越前若狭文学選』（一九六二）によると、明治の文豪、田山花袋も杉津の風景について書いている。

「トンネルを一つ。また一つ。更にまた一つ。さういふ風に、出てゆくたびに、その海が段々遠く、パノラミックになつてゆくさまは、何

とも言はれなかつた。その積雪の中に思ひ切つて碧く海の見えてゐたのも私には忘れかねた。」（『温泉周遊』一九二八）

杉津を通るこの路線は、北陸トンネル開通（一九六二）で姿を消した。子供のとき、この風景を知っていたことを、ぼくはいましあわせに思う。

文学に描かれた鉄道の世界といえば、中野重治の名作「汽車の罐焚(かまた)き」（一九三七）だろう。汽車の罐焚きをする「鈴木君」の、汽車についての話をまとめた、聞き書き小説である。蒸気機関車が「出る」（発車する）ときには、機関手がいちばん大事らしい。

〈「……だからいくらベルが鳴ったって、いくら後部車掌が手をあげて笛を吹いたって、機関手がリバーシングリバーを進行方向へ送って、バイパッスの弁を足で蹴とばさないことにゃ列車は一センチだって動きゃしません。」

「ふうん……」

何を蹴とばすのかわからなかったが私は感心した。〉

話はつづく。レールのように伸びる。「私」も楽しい。ぼくも楽しい。

メール

電子メールをはじめた。

二年前、ワープロが壊れた。新しいワープロを買った。メールもできるワープロである。でもメールは自分の柄ではないと思い、手をつけなかった。今年になって挑戦した。でも説明書を読むだけでダウン。あきらめた。「カンタン！　よくわかる！　スタートガイド」を読む。ますますわからない。どこが簡単か。それでもプロバイダーなるものにたどりつき、念願のメール番号がもらえた。とてもうれしかった。

それで止まった。ぼくに、メールなんてできっこないのだ。でも人生をこのまま終わりたくはない。ある週刊誌のH記者に相談した。いろいろと教えてくれた。すると、あとからN記者が「これまで通り、荒川さんはFAXでいいと思いますよお」。それはそうだ、ぼくにメールなんてにあわない。意欲はしぼむ。メールは再び遠いものになった。ある深夜、静かなひとときき、突然、やる気になった。不思議なもので自分のなかの騒ぎが終わったころ、そういう気分になるものである。設定で、格闘した。サーバー、メールアカウント、ドメイン、オンラインサインアップ……。さっぱり意味がわからない。ちがう星のコトバかと思われた。途中で何度も死にそうになったが、四時間後、夜も白むころ、接続ができた。このメール開通までの闘いをラジオで話したら、反響があった。あちこちから「祝電」のようなＦＡＸが届いた。ぼくは世界の仲間入りを果たしたのだ。それから原稿はメールで送るようになった。

最初にもらったメールが、画面に浮かんだときの印象をぼくは生涯忘れないだろう。メールを、おそるおそる開けた。するとどこから湧いたのか。すうーっと先方の文字があらわれる。静かである。声がない。音もない。時もない。

文章というものが生まれた瞬間に立ち会うような気分だった。古代の空気を感じた。ことばはこのようにして、この世にあらわれたのだと思った。この世から消えるのだとも思った。

「恋人」たちの世界

伊井直行の長編「お母さんの恋人」（「群像」二〇〇三年二月号）は、次のようにはじまる。

「お母さんとお父さんが出会ったとき、お母さんは三十六歳だった。お母さんはわたしを産んだ後、三十八歳で亡くなった」

「お父さんとその友人は、市を二分する激流の川にかかる橋のたもとでお母さんとすれちがう。

二人は十七歳だった」

十七歳の高校生、磯谷と大島（二人は「友人というより兄弟に近い間柄」）は、ある日、橋のたもとで三六歳の独身女性・小林由希子とすれちがう。

磯谷は、由希子にひとめぼれ。同級生・中子和美が、由希子を知るために仕事場（英語学校）にでむく。和美を好きな大島も、由希子を好きになる。大島は、橋の上から由希子がつきあっていた男を投げ捨てて、由希子と結ばれるが、その事件のために姿を消す。由希子は大島の子を産むが、事故で死ぬ。残された赤ちゃんは、磯谷と和美が育てる……。

彼らはこうして「橋」のようにつながった。いまおそらくは二〇歳になる「わたし」が「お母さん」（由希子）とその「恋人」たちを語る。それがこの物語だ。

「お母さん」の文字が出るところはかなしい。そのたびに胸がつまる。しあわせな気持ちにもなる。かなしみともよろこびともつかない気持ちに。それはここにひとつの人生というものがないからだ。ひとつっきりの人生では果たせないものがあるからだ。

由希子に会う手順を見てみよう。最初は和美が、由希子に会う。次に、彼が、次に別の彼が会う。恋愛が複雑であるためばかりではない。それぞれの人ひとりでは手に負えないものが次々に生まれるからだ。性別をこえて力を合わせなければならない。そこに彼らの「恋」の核心がある。

明るくふるまう彼らは、ときに「わたしはもう一歩も歩けない」

「極度の疲労の気配だった」「追い詰められた」とひそかに自分をたしかめる。短いことばで。それは印象的だ。それでも「恋人」たちは、たがいに切り離せない関係をつくりあって、のりこえる。

磯谷、大島、和美、「お母さん」、そして「わたし」は通俗的なレベルとは異なるものでつながりもするので美しすぎると思われるかもしれない。でも読んでいくと、こんなこともあるかもしれないと思うようになるのだ。そんな夢のような空気のなかを回りながら、この小説はかたちづくられる。だがそれは夢ではない。人生の現実がもつ輝きなのだ。

「彼女のこと、なにも知らないに等しいが、今は姿を思い浮かべるだけで気分が良くなる。空想でも考えもつかないことが、現実世界では可能なのだ」

人生を経験では見ない。人の心はどんなに若いときでも十分な重みをもって生まれるのだということが、この作品を読むとわかる。「恋人」たちの若さは、経験の外側から人生を意識させるもので、まばゆい。また親しみがある。こういうことならぼくもできるかもしれない。そんなふうに思う。できないことではなく、できることにささやく。はたらきかけるのだ。

ささいな微笑、由希子の「孤独」、そして最後のやわらかい光にくるまれた回想まで、この小説はいく人ものたいせつな思いを束ねていくのだが、全体にやわらかいものというより、鋭いものを読まされた思いがする。ひとまわりもふたまわりもしたあと、この小説が生まれた。作者は「父」にも「母」にもなってきた。「子ども」にもなってきたのだ。そんな非凡な形跡が刻まれた作品なのだろうとぼくは思った。

作家論

『作家論』という書名をもつ評論集がある。個々の作家論をまとめたものだ。以下は、ぼくがもっている『作家論』である。刊行順に書く。

正宗白鳥『作家論』(一九四一、一九四二・現在新編で岩波文庫)、伊藤整『作家論』(一九六一・筑摩書房)、自決前月に出た三島由紀夫『作家論』(一九七〇・現在中公文庫)、平野謙『作家論』(一九七〇・未来社)、久保田正文『作家論』(一九七七・永田書房)など。他に磯田光一『昭和作家論集成』（一九八五・新潮社）、高橋英夫『昭和作家論103』（一九九三・小学館）。

最近は『作家論』を見かけない。

批評家が自分の好きな作家だけを論じるようになったからだ。また読者の興味もせまくなり、好きな作家、好きではない作家がいりまじる『作家論』を敬遠する。

四三歳の若さで急死した、日沼倫太郎の若き日の論稿を集めた『現代作家論』（一九六六・南北社）は、高見順、田宮虎彦、梅崎春生、武田泰淳、野間宏、椎名麟三、堀田善衞、大岡昇平、花田清輝、埴谷雄高、梶井基次郎、小島信夫、斯波四郎、北杜夫、太宰治の順で一五人を論じる。

ぼくは先日新幹線で東京から大阪に向かいながら、これを読んだ。静岡に着くまでに、このなかで自分に興味のある作家(四、五人)のものを読んだ。もうこれでいいと思ったが、まだ時間がある。少しだけ興味のある作家を次に読んだ。でも列車は、名古屋の手前。まだ時間があるので、残りをしぶしぶ読んだ。結局、興味のない作家のものまで全編読んでしまった。これはとてもいいことだ。『作家論』は、読者の世界をひろげてくれるのである。

「〈進歩性〉の漸次的な後退――に対する劣等感」(「高見順」)

「読者のなかにしつこくのこっているもっともおくれた美意識との昵懇のうえになりたっている文学」(「田宮虎彦」)

「フィクションをほどほどに行なうことにたいしてじつに敏感な神

経をもっている。その敏感さは、はたからみれば過剰なくらいだ」（「梅崎春生」）

など、いずれもシャープで、わかりやすい。日沼倫太郎のような批評家はいまはいない。そんなことも思った。

それでもぼくは、つらかった。

「それにしても梅崎氏はなぜ『Sの背中』や『山名の場合』のような……」とある。二つの作品は知っているので、なんとか、ついて行けるが、『『深夜の酒宴』から『永遠なる序章』、あるいは『永遠なる序章』から『赤い孤独者』へといった風に……」（「椎名麟三」）と書かれても、読んでいないので、わからない。

作品の題は出すが、作品の説明があまりない。当時は、これでよかったのだ。『作家論』が出ていた時代には、いっぱい読んでいる人が、いっぱいいいたからだ。読まない人ばかりの時代に『作家論』の出番はない。

それでも作家論の旅はたのしい。富士山が見えるあたりで、四、五人通過。琵琶湖が見えればさらに七、八人通過。そして大阪に着くときには、一五人すべてに到達。このうえなく、みちたりた気分である。東京に帰ったら、あの作家の作品も、この作家の作品も読もう。ひとり、心に誓う。

短編と短篇

一般的な文章と、小説をはじめ文学的な場所に置かれた文章で、使われることばがちがうものがある。たとえば「先鋭」は文学的な文章では「尖鋭」となることが多い。「回復」は「恢復」、「興奮」は「昂奮」、「奇跡」は「奇蹟」、「技量」は「技倆」、「注解」は「註解」、「絶賛」は「絶讃」になりやすい。すべてではないが、その傾向がある。

このような文字の使い分けは、どうして起こるのだろうか。

どちらにしても意味は同じだが、文学的な文章では、情趣を深めるために古くから使われるものを選びがちなので、常用漢字以外の文字が多くなる（また大半は画数が多いものである）。これにすると「常用」からはずれるから、特権的な雰囲気が生まれる。「尖」も「昂」も「註」も、おとなになったら一度使ってみたい、という感じのものだが使いこなすのはむずかしい。

長編小説、中編小説は「編」だが、短編小説は「短篇」にする人が多い。視覚的な理由もあるだろう。「短編」だと、へん（偏）をもつ漢字二つが隣りあうので、ことばが見えにくい。また短編小説は、人物、背景などいろんなものがそろった長編、中編とはちがって、人生の断片をきりとるもの。つくり方が普通の小説とはちがう。むしろ俳句や詩に近い。短編小説は「小説とは別の世界のもの」という意識が暗に働くのか。ぼくも原稿では「短編」ではなく「短篇」を選んできた。受け取った記者は「編」にしてもよいですかときいてくる。新聞は原則として常用漢字の「編」を用いる。

ただ、ものを書く人は、文字の「美意識」の凝りがとりはらわれたときに、一人前になる。あまり文字のイメージにこだわるのは「青い」証拠。たとえば、若いときにはなにも知らないから「短編」、少しすると、おませになって「短篇」、落ち着いてくると「短編」に、もどる。これがひとつの成長の、しるしである。一般的な文字をつかって、りっぱなものを書く。それが書き手の「技倆」だ。文字のこだわりからぬけでたとき、文章も考えもおとなになるのだろう。文章は、文字ではなく内容なのだから。

関連でもうひとつ。「本当」ということばがある。夏目漱石、森鷗外は「本当」と書く。国木田独歩、内田魯庵らは「真実」と書いて、「ほんとう」とよませる。嵯峨の屋お室は「真当」と書いた。室生犀星や高見順は「本統」を使ったときがある。他にもいろいろ、見つけた。

戦前までは、「本当」にはいろんなものがあったのだ。

ちなみに「ほんとう」ということばは「本途」（ほんと・本来の道筋の意）が変化したものともいわれる。よく話しことばで「ほんとう」をつづめて「ほんと」というけれど、「ほんと」のほうが、ほんとうなのかもしれない。

『島村利正全集』を読む

戦争がはじまる前に、一見地味ながら、たしかな文章をもって登場し、人や周囲の自然を描いた人。それからはあまり作品を書かない時期があったけれど、一九七〇年代はじめからのほぼ一〇年間に私小説の世界をひろげる清新な作品を書いて、読む人の心をとらえた人。その人たちにはいまも忘れられない人。それが島村利正である。その全作品（小説・随想・解説その他）を収める『島村利正全集』全四巻（未知谷・二〇〇一）が出版された。著者の全集はこれがはじめて。

一九一二年、長野県上伊那郡高遠町に生まれた島村利正は、一五歳のとき郷里をはなれ奈良に行き、奈良飛鳥園（古美術と写真の出版社）につとめる。その間（ほぼ二年半）に志賀直哉、瀧井孝作を知り、師事。一九四一年、長編『高麗人(こまびと)』（人文書院）を出版。一九四五年、日本撚糸連合会の職につく（そのあとも長く撚糸業界にあった）。一九七一年七月号の「新潮」に「奈良登大路町」を発表し、文壇に復帰。そのあと『青い沼』（一九七五）『妙高の秋』（一九七九・第三一回読売文学賞受賞）などを著わし、一九八一年、六九歳で亡くなった。

第一巻（一九四〇〜一九五七）には朝鮮半島から日本に来た人たちの生活譜「高麗人」、行商の暮らしを見つめる「物売り仲間」、信州から瀬戸内海の小島に向かう老女の旅をつづる名編「仙酔島」などが収まる（ぼくは学生時代から島村利正の本はリアルタイムで全部そろえたが戦前の『高麗人』は入手できなかった）。

第二巻（一九五八〜一九七五）には京都、奈良を原爆から守ったウォーナー博士と日本人の交流をつづる「奈良登大路町」、郷里高遠が舞台の歴史小説「絵島流罪考」など、端正な作品が並ぶ。

第三巻（一九七五〜一九七八）には日常と幻想が溶け合う「隅田川」「鮎鷹連想」、風土と恋愛をつなぐ「秩父愁色」など。

第四巻（一九七九〜一九八二）には写真家小川晴暘（せいよう）の素顔をつたえる長編「奈良飛鳥園」（思いをかける二人の女性の寝顔をスケッチするとき、どちらを魅力的に描くかなど、細部が生きる）他、晩年の作品である。

島村利正は戦前の日本人の庶民の暮らしをいつまでもたいせつに心にしまっていた人で、時代の変化でそれらが曲げられていっても、ときどき思い出したり、取り出して、自分を育てた人たちや時間を振り返った。長く静かな旅をするように、文章を書いた人だ。戦前の人たちのよき姿、つらい姿は、戦後の時間がかさむにつれ次第にかすんでいったが、それでも忘れられないものがある。

コアジサシは、水辺の小鳥。

「私はそのころ、コアジサシの白い姿を見ていると、思いがけず、少年時代に生れ故郷の山ふかい峠で見た、栗鼠の大群を思い出すことがあった。そして、それにつづいて、奈良の鹿と春日山のこと。若狭の海で見かけた奇妙な動物？　と、そのときの旅行などを思い出した。

それは私の、風変りな小動物誌でもあったが、私自身をふくめた人間の姿も、戦前の時代色のなかで、それらの動物と共に点滅していた。」(「鮎鷹連想」)

このあと、それぞれの小さな動物を「点滅」させて文章がつづく。ここにある「私自身をふくめた人間の姿」をとらえることは、島村氏の作品世界の基点であり基調だった。

「私自身」と「人間の姿」は同じものながら、微妙に消息を分かつものである。島村氏はその文学が「私自身」に傾くことを警戒し、ひろく「人間の姿」を知るための視覚を注意深く見定めようとした。「私」という人間が、他のもの、見知らぬもの、遠くのものと、どのようにかかわるのか。またそれをつづる文章が、どうしたら、人間のための文章になっていくのか。それを「私自身」の生活者の感性を台座にして、みきわめようとしたのだ。「私自身をふくめた人間の姿」という「観念」は、一九七〇年代という最後の「文学の時代」においても、そのあとも、多くの作者たちの作品から（あるいは発想から）失われたもののひとつである。

島村利正は、文学と生活の両面をみがきながら小説を書きついだ。それはそばにいる人の目にもつかないほどの変化と動揺をかさねる営みだった。「人間の姿」をもつ文学の姿は、この全集の刊行で鮮明になる。

生きるために

チャンネ・リー『最後の場所で』（高橋茅香子訳・新潮社・二〇〇二）の主人公フランクリン・ハタは、日系アメリカ人。コリアンとして日本に生まれ、日本人の養子となり、戦後アメリカへ移住。医療品や医療器具の店を開いていたが、いまは引退。一度も結婚したことはないが、養女がいる。ハタと彼女はいっときいい関係ではなかったが、いまは心の溝も埋められている。ハタはひところ同じ年ごろの女性と親しくなったが、彼女は亡くなった（心のきれいな魅力のある人だったのに。愛しあっていたのに）。

彼は長く、ベドリー・ランという町にひとりで暮らす。成功をおさめたので、七〇歳を過ぎたいまも何不自由ない生活だが、過去という「不安定な鏡」を見つめる。自分の人生はどんなものだったかについて、いつも考える。心をもつだけではなく、自分への目をもつ人である。

彼は戦争に行ったときのことを思い出す。「帝国陸軍」の医療士官としてビルマに入ったとき、朝鮮の若い女性Kを愛した。彼女は、従軍慰安婦だった（彼女の姉は日本兵によって殺された）。

おそろしく悲しい運命のなかでの出会いだったが、子供のときに使っていた同じ国のことばで、彼女と話した。その日々のことが鮮やかによみがえる。現実とは思えないようなできごとだった。人生の「最後の場所」にたどりついた主人公は、現在の生活と、戦地のできごとを、交互に心のなかに描き出して、人生を語っていく。

戦地で、女性Kと話す。そのおりの二人のことば。

〈「……あなたが物語を話してくだされば、二人で小説のなかのヨーロッパの人の人生にはいりこんで、その人たちの悩みをかかえて生きているつもりになれるのではないかしら。きっと感動的だわ」

「小説は面白い」フランスの小さな田舎町に住む一人の女の話を私は思い出した。その町が彼女の世界であり、牢獄でもあった。「それにときには悲劇的でもある」

Kは言った。「きっとそうでしょうね。でなければ物語らしくないもの、ね、中尉さん」
「そうだな」言いながら私は彼女の顔を見つめ、間もなく現在の生活が彼女にとって、そして私にとっても、どんなに辛いものになるかわかっているのだろうかと考えた。〉
二人はとても悲しい時間のなかで、とても楽しい小説の話をしているのだ。少しでも時間があって、もっと二人が楽しくなればいいのにとぼくは思った。人生は誰のものでも悲しいが悲しいところを見なくては、感じとれなくては、いっそう悲しいものになる。でもこの小説は少しずつ場面を打ち変えながら、人生はそのときだけのものではないことを知らせるように静かに動いていた。それは人生にとっても活きた、新しい世界だ。この小説は、これを読むときだけのものではない。読む人のもとで生きるために生まれた小説なのだ。

主人公の暮らす町を描くときの文章も、町なかの店のようすを説明するときのことばも、そして、ここに出てくる人たちの心のなかに入るときのようすも、日常そのもののように自然で、なだらかだ。つくられた人生とはちがうものだ。

とても安心して読めるのだった。知らず知らずのうちに動いている、人生の光景に合わせるかのように文章も時間も流れていく。外国の小説にはちがう血が流れているという感覚がここにはなかった。いま、すぐそこにあるものを、静かにその場所で見つめるように読むことができる。

「ありがとう、中尉さん」彼女は言って、ふだんの暮らしをしているように頭をさげた〉。悲しい場面でも、最後の場所でも人はいつもの「暮らし」のなかにいるのだ。

まね

人間には、二通りしかない。まねをする人と、まねをしない人。まねをする人は、まねをじょうずにする人であるとは限らない。できる、できないではない。

する人

しない人

の、二つなのである。まねを「する人」というのは、こういう人だ。

たとえば、「犬がさ、腹を見せてさあ」と話すときに、腹を見せて、よろこぶ犬のようすを、自分で楽しみながら実演する人のことである。鳥でも、虫でもいい。また、人のまねでもいい。ひとつのようすを、顔や手、ときには体全体をつかって、再現する人である。

「しない人」は、こんなものまねは絶対しない。「する人」ができる、ちょっとしたことができない。このちがいはなんだろう。「しない人」は、おそらく、こういう人だと思う。

人前でそんなことをしたら笑われるから、しない。プライドがあって、自分がそのときだけでも、自分以外のものになり変わること、化けることが恥ずかしいので、しない。小さいときから、そういう「ふざけた」行為をすることを警戒していたので、しない。あるいは、子どものときは「する人」だったが、社会的な地位があがるうちに、

「身体表現」とは無縁になり、そのうちに、あんなことは、はしたないと思うようになったので、しない。

でも「しない人」のほとんどは、小さいときから「しない人」であると思う。「しない人」は、その意味では早くから「おとな」なのだ。でも、ひとりのときに「おとな」であるのは、いいことだが、みんなでいるときに、あまりに「おとな」である人は、「おとな」とはいえないと思う。もちろん、「する人」ばかりいても困るけれど、「する人」は「しない人」より心が自由であることはたしかだ。いつまでも自分をにぎりしめていない人だから。

まわりを見渡すと、「しない人」が最近は多いように思う。自己愛が進んでいる証拠であろう。「ひとつ」しか自分の姿をもっていないためだろう。話していることのなかみや考えはとてもやわらかいのに「しない人」がいる。ほんとうは心がそれほどやわらかくはないのだと思う。これからも「しない人」はずっとしないだろう。

人が体をつかって、たとえちょっとしたことでも何かを表現するとき、その場の空気は明るくなる。光がひろがる。それによって世界が、具体的に見え出す。

自分の体は、自分だけのものではない。もっとひろい場所に置かれたものである。使いようによっては、みんなのものにもなるものなのである。それは自分にとっても、まわりの人にとっても、いいことであり、楽しいことなのである。でも「しない人」はしない。

何もない文学散歩

名作ゆかりの地を歩く。文学散歩である。友人たちと、お茶、おにぎりなどを持って。

近年出かけたところは、埼玉では三島由紀夫「美しい星」の飯能、武者小路実篤の「新しき村」がある毛呂山（もろやま）。東京では阿部知二「冬の宿」の本郷、石川達三「日蔭の村」の奥多摩などである。

これから行きたいところ。田山花袋「田舎教師」の埼玉・羽生、国木田独歩「忘れえぬ人々」の川崎・溝の口、その独歩をはじめ多くの文士が病床についた茅ヶ崎・南湖院跡、伊藤信吉「監獄裏の詩人たち」の前橋、少し遠いところなら、舟橋聖一「ある女の遠景」の福島・猫啼温泉、広津和郎「崖」の愛知・師崎、加能作次郎「恭三の父」の石川・富来、中戸川吉二「滅び行く人」の牧場があった北海道・釧路など。もりだくさん。きりがない。

こちらが知らないだけで、日本のほとんどの町や村は、実は歩くところ行くところ、名作の舞台だとみていい。少し古い本、たとえば神奈川なら『神奈川の文学散歩』(栄松堂書店・一九七四)などを携帯する。新しいものより、古いガイドがおもしろい。いまでは見つからないものまで紹介されているので。

往時をしのぶものが残っていない、立札もない。

「ここらへんにあった」

ということがわかるだけのところも、なかにはある。何もないときは、何もないところに立つ。変化の激しい時代である。でも風景は一変しても、おもかげが薄れても、地理上の事実は残る。「ない」ところでは、ほんとうの空気を吸ったような気がする。

若いときの文学散歩は、どちらかというと、何かが残る場所を歩いて、よろこんだ。いまは「ない」場所を歩く。そこにもよろこびがある。人間は消えていくものだ。作品も消えていく。だから何もないところを歩くのは、自然なことかと思う。

注解

文学全集巻末の「注解」は、語句や事項の主なものを簡潔に解説する。いくつかの例をもとに、注解の比較をしてみた。たとえば田宮虎彦「絵本」のなかの語句「三連隊」の注解。

[三連隊／当時麻布に近衛師団第三連隊の兵舎があった。]——A

[三連隊／当時麻布新竜土町にあった陸軍の第一師団歩兵第三連隊。]——B

Aは『日本文學全集65』(新潮社・一九六二)、吉田精一の執筆。B

は『日本の文学64』（中央公論社・一九七〇）、坂上博一の執筆。大きなちがいはない。注解はどこもこのようなものであるように思うが、実はそうでもない。『現代日本の文学38』（学習研究社・一九七一）の椎名麟三「美しい女」の注解（紅野敏郎の執筆）に、こんなのがあった。

「名もない／椎名の作品の主人公は、主として、この種の平凡な、日常性のなかでまごまごしている「名もない」人物が多い。これらの人たちは、異常なこと、過度のさまを強く嫌う。」

いくつか他の文学全集も見たが、「美しい女」のなかの「名もない」という語句をとりあげた例はない。紅野氏は「本当の自分」「おかしな真面目さ」「電車が好き」「死んでも」など普通付けないところにも、注解を付ける。これらも「名もない」同様の深切な記述である。同じ椎名の「深夜の酒宴」をみると……。

［バラック／このバラックの風景は、戦後風景のもっとも特徴的なもの。こういう状況のなかでも人は生きていく。］

［幼児のように／この「加代」の形象は、のちの『美しい女』へとつながってゆく。］

固有名詞や特殊な事項だけでなく、作品（あるいは作家）を理解するうえで必要と思われたときは、一般的な語句でもとりあつかうのだ。例外的ではあるが、これも注解のひとつのかたちなのである。もっとこまかく見ていけば紅野氏以外にも個性的な執筆者がいるかもしれない。

作品のなかのどの語句を選ぶか、また、それをどう書くかは執筆者によってずいぶんちがうことがわかった。注を読むのもいい。ここにも文学があると思った。

これから先は、また別の意味で、注解が必要になっていくだろう。時代があらたまると、理解できないことばがふえるからだ。さきごろの調査によると一〇代、二〇代のなかには、「けんもほろろ」「つとに」「よんどころない」「言わずもがな」「ゆゆしき」「とみに」「水ももらさぬ」「いたたまれない」「こころもとない」「おもむろに」などの意味がわからない人が多いらしい。「こころもち」「ねんごろに」「浮かぬ顔」なども、早晩わからなくなるだろう。そうなれば「注解」ということばにも、注が必要だ。やがては「わたし」とか「あなた」

も、そうなるだろう（ここまでくると、おもしろい）。

踊子の骨拾い

角川文庫の梶井基次郎の作品集は『城のある町にて』（一九五一・初版）と題されていたが、いまは『檸檬・城のある町にて　他一三編』である（収録内容の一部も変わった）。「檸檬」がひろく知られるようになったために「檸檬」の文字が書名に加えられたのだろう。ぼくは前のほうに愛着がある。高校のとき、はじめて買った文庫本だから。

川端康成「伊豆の踊子」は、角川文庫では『伊豆の踊子・禽獣』に、講談社文芸文庫では『伊豆の踊子・骨拾い』に入っている。新潮文庫と集英社文庫は『伊豆の踊子』である。収録作品は、どれもそれほど変わらないものの、

『伊豆の踊子』
『伊豆の踊子・禽獣』
『伊豆の踊子・骨拾い』

では、「伊豆の踊子」という作品の印象がずいぶんちがう。

伊藤左千夫「野菊の墓」を収める角川文庫は、『野菊の墓』と『隣の嫁・春の潮』の二冊があったが、そのあと『野菊の墓・隣の嫁』になった。書名のうえでは、お墓に隣のお嫁さんが入ったことになる。新潮文庫、集英社文庫は『野菊の墓』。

一九六三年五月の角川文庫目録から、ユニークなものを拾ってみよう。

田山花袋『蒲団・幼きもの』(「幼きもの」が付くと「蒲団」も読んでみたくなる)、谷崎潤一郎『お国と五平・恐怖時代』(二作品の関係が気になる)、志賀直哉『祖父・いたづら』(おじいちゃんがいたずらしたように思えてしまう)、田宮虎彦『悲恋十年・銀心中』(ひとつづきで理解したくなる) など。三作を並べるものには幸田露伴『頼朝・平将門・為朝』、伊藤永之介『梟・鶯・馬』など。角川小説新書には、藤沢桓夫『青・白・赤』というのもあった。

講談社文芸文庫では宇野千代『或る一人の女の話・刺す』(因果関係がありそうなとりあわせ)、幸田文『駅・栗いくつ』(「駅」は随筆、

「栗いくつ」は小説）、坂口安吾『信長・イノチガケ』（相性がいい）、田村俊子『木乃伊の口紅・破壊する前』、川端康成『反橋・しぐれ・たまゆら』なども、これまでにない組みあわせ。横光利一『愛の挨拶・馬車・純粋小説論』は名作「機械」を入れているのに「機械」が書名からぬけた。大胆な選択だ。新潮文庫は『機械・春は馬車に乗って』。

並列の書名は、主に、中心となる作品が短いときに多いが、見知った作品でもとりあわせで、印象が大きくあらたまるものである。それは人の間でも起きる。各社文学全集では、作品数の少ない国木田独歩は、単独の巻になることはあまりない。田山花袋、徳冨蘆花らと相席が通例。一度だけ石川啄木といっしょだった。花袋、蘆花がいないので、しばらくは別の人に思えた。

朝の三人

産経新聞（二〇〇二年）二月三日の、朝刊一面トップに、こんな記事が載っていた。高校三年生に、六年前の高校三年のものと同じ問題を出して試験をしたら、英語を除く全科目で成績が落ちた。特に国語の「読解力」低下は深刻だとか。この記事を読んだぼくは、自分のことがいわれたような気持ちになった。というのは、ぼくは文章の読解力が乏しい人間なのである。

たとえば、小説の文章を読んでも、よみちがえることが多い。異母兄、養女、義兄とか、おじ、おば、あによめなど、小説のなかに、複雑な家族や家族構成が出ると、ぼくの頭はストップ。整理がつかなくなる。それは、ぼくがひとりっこで、父ひとり、母ひとり、祖母ひとりという、実にわかりやすい家族で、子供時代を過ごしたことと、関係すると思う。少しでもこみいった人間関係が出てくると、お手あげなのだ。

数年前、新聞で、ある本を批評したときのこと。その書評原稿を送ったら読んだ記者から「AとBの関係は、恋愛関係というよりも、友人関係のようですが」といわれた。すみずみまで読んだつもりなのに、ぼくには恋愛か友情か、わからなかったのである。はずかしいったら、ありゃしない。

先だって、ある詩集に感動したので、それについて新聞に書いた。この詩人は、これこれ、こういう風な詩を書いた人だと表現によりをかけて（？）書いた。すると記者の人から「わたしもこの詩集を読みました。この詩人は、端正な詩を書く人だったのですね」とＦＡＸが入った。記者としてはたんに、原稿を受け取った返事のつもりなのだろうが、ぼくはびっくりした。その詩人の作風は、ぼくがあれこれむずかしいことをいうより「端正」という一語が、もっともふさわしい。その記者の眼識に、あらためて感心すると同時に、どうして、この「端正」ということばをぼくは思いつかなかったのか悔いた。でもあとの祭り。

適切な表現ができなかったのは、明らかに、ぼくのよみとり不足のためなのだ。

とはいえ、他人の書いた文章は、よみとりにくいもの。ここは、どういう意味なんだろう、と、人にききたいけれど、こんなことを聞くと、笑われるんじゃないかと思い、いまだに意味がわからない場面もある。

スタインベックに「朝めし」という、とても短い名作がある（新潮文庫『スタインベック短編集』）。一九三〇年代のアメリカの、山あいの夜明け前の光景を書いたものだ。子供をおぶった若い女の人と、綿つみにでかけるらしい若い男、そして、年をとった男、以上三人が、ストーブを囲む。男二人は女性がつくった簡単な食事（パン、コーヒー、ベーコン）を楽しむ。ああ、うまいなあ、うまいなあと。そして、二人は山へと仕事にでかけていくのだ。それだけの情景が描かれただけのシンプルな作品だ。仕事にでるときの人のようすと、朝の空気が伝わる。読んだ人にはちょっと忘れられない、さわやかな、すばらしい作品である。

さてこの三人は、どういう関係か。「若夫婦と、その夫の父親」か。「若夫婦と、その妻の父親」か。それとも「若夫婦と、年とった男とは無関係」なのか。何度読んでも、ぼくにはわからないのである。小説のなかには、それについて書いてないのか、と人はいうかもしれないが、書いてあるような、ないような、そんな感じなのだ。少なくともぼくには、そこのところがはっきりよみとれないのである。読解力のある人なら、三人の関係を、文章から、たちどころに了解するだろう。それこそ「朝めし前」だろうと思う。

ただぼくは三人がどういう関係であるにせよ、この小説の文章と、そこにあらわれている世界に感動した。それだけははっきりしている。感動があれば、読解のひとつやふたつまちがってもいいとはいわないが、読解にあまり神経質になるのはどうか。正しい解釈ができても、その文章に心が動かなかったら、読書の意味はないように思うのである。

ことばの孤独

日本語の本が、続々ベストセラーに。講座の本も出たからこの空気はまだしばらくはつづく。ことばの知識と理解が必要らしい。はまぐりのモトは浜と栗、カメハメハ（大王）はカ・メハメハの構成、十分は「じゅうぶん」と仮名で書いてもいいかどうか（これはちょっと深遠な感じもするが）など、たいしたことを教えるわけではない。手軽に勉強気分を味わいたい。そんなとき、ことばの本は気持ちをみたしてくれる。また、知って、その向こうに何かがあるわけではない。以前のように思想や行動などやっかいなものを求められる時代ではないのだ。

身動きできない。社会も何も、こちらの思うようにならない。それでも人は自分が支配できるものがあることを望む。その点ことばはいい。知識としてのことばは死体（または記号）だから好きなことができる。きりきざまれようと、もてあそばれようと、ことばには口がないから、抵抗できないし文句のひとつもいえない。ことばブームは「弱いものいじめ」なのだ。ことばの本を簡単に書いたり、ことばのことばかりいう人は普段は冷たい人、どこかあやしい人だろうと思う。とはいえことばから目をはなすことはできないのだ。

青山光二「吾妹子（わぎもこ）哀（かな）し」（「新潮」二〇〇二年八月号）は認知症の妻、

杏子にとまどう話。八九歳の夫が妻の髪を切ってあげるなど人間的な書き物らしい場面がいくつもあったが、ぼくは「孤独感」ということばのつかいかたに目をとめた。

「深刻な孤独感といったものは何処かへ取りおとしてしまった」「そのとき孤独感だけは多少とも抱えこんで、凝縮した何日間かの時間を共に過ごした仲間だから」「困ったなと思うのと同時に、孤独感に彼女がほんとに到達したのだとすればそれはいいことだと、芯からそう思った」

いつも整った小説を書く作者がことばのまちがいをするはずはない。だがこの作品のなかの「孤独感」は通常よりも肯定的な意味合いのものになっている。それだけにこのことばを素のままもちいることはまちがいではないがあまり「正しく」はないかもしれない。特に「孤独感に彼女がほんとに到達したのだとすれば」といういいかたはいくらかの説明を要するものである。

だがこの小説は実はこの、微妙に個人的な空気をもつことば、その人の内部から一歩でも出ると通じにくいことばがあることで支えられているともいえるのだ。「孤独感」ということばは作者にとって他のことばにはかえられないものなのだ。それと同じように、夫は自分を失うことなく時を過ごす。妻のためにも自分を維持する。その姿勢が微妙に個性的なことばにもあらわれるのだ。人間のことばはいつもいつも、いつものようにはつかわれない。測りがたいものだ。そしてその人のことばがあることが読む人の支えともなる。それが文学のことばなのだと思う。

若林真理子のエッセイ「ふる」（「すばる」同）。一八歳の彼女は雨が降るの「ふる」ということばには「とじこめられる」「まわりからきりはなされる」、そういうことを感じるそうだ。ふりこめるということばが昔からある、あたりまえだと日本語の本を書く人ならいうところだろうが彼女は知識を述べようとしているのではない。自分のものさしでことばの世界を感じとりたいのだ。

〈言葉の定義というのは、少なくとも、会話を交わして理解できる人と人の間で、共通したものがあるのだろう。私はあまりにもその共通になじんでいるので、自分の言葉を定義するということは、常にひとつずつの「発見」である。〉

正しさ、美しさ、「声に出して」の読み方（テキストも）と、日本語の本は「共通」になじむことを教える。規格を求める、弱い人間がふえたのだろう。ことばと、その人だけのかかわりを忘れない。それはことばを知ること以上にたいせつなことだ。

読めない作家

その名前を、どう読んでいいかわからない作家のことである。ぼくは原稿を書くたび、あるいは放送や講義をするたびに有島武郎、広津和郎の「郎」は「お」、長与善郎の「郎」は「ろう」であることを辞書で、あるいは頭のなかで確認する。そんな基本的なことをと、人は笑うかもしれない。たしかに夏目漱石を「かもくそうせき」と読む人は皆無だが、新感覚派の作家犬養健が「いぬかいたける」であると知る人は、そう多くはないはずだ。武者小路実篤、水上勉についても、どう読むかで、世間には混乱がある。
プロレタリア文学の作家で、『蘆花伝』でも知られ、一九五七年に亡くなった、

前田河広一郎

は、どうなのか。以前からひそかに不思議に感じていた一件なので、この機会に少し調べてみたら、こんなふうだった。
現代日本文學事典（河出文庫・一九五四）と近代日本文学辞典・増訂第四版（東京堂・一九五八）では、
まえだがわ・こういちろう

万有百科大事典1文学・初版（小学館・一九七三）では、
まいだこ・ひろいちろう
世界大百科事典29（平凡社・一九八一）では、
まえだこう・こういちろう
増補改訂　新潮日本文学辞典・初版（新潮社・一九八八）では、
まいだこう・ひろいちろう
現代日本文学大事典増訂縮刷版・第三版（明治書院・一九七二）、コンサイス日本人名事典・改訂版（一九九〇）、大辞泉・初版（一九九五）、広辞苑・第五版（一九九八）では、
まえだこう・ひろいちろう
と、なっている。どうも「まえだこう・ひろいちろう」が優勢らし

い。とはいえ「前田河」については「まえだがわ」「まいだこ」「まいだこう」「まえだこう」の四種類が存在し、「広一郎」については「こういちろう」「ひろいちろう」の二種類があるのは穏やかではない。この分では、他にも読み方があるかも。

この作家の作品を掲載する文学全集で、ぼくの手元にあるものはA『日本文學全集70』(新潮社・一九六四)、B『現代文学大系64』(筑摩書房・一九六八)、C『日本文学全集87』(集英社・一九七五)の三冊である。この三冊の表紙、扉、本文、解説、年譜、奥付のどこを見ても「前田河広一郎」全体の読み方はわからない。

わずかにAが、略歴冒頭の「前田河」の文字に「まえだこう」とルビを振るだけである。

一九六〇年代、七〇年代に刊行された文学全集で、収録作家の名前の読み方を表示しているものは、意外なことに、とても少ない。文学全集がさかんに発行されていた時代は、作家の名前を知る人も多かったので、ルビを振ると、かえって全集の品格を損ねたのかもしれない。だが小説も詩も読まれなくなったいまのような時代には、名前が「読める」か「読めない」かは一大事である。

小さな黄色い車

シンディウェ・マゴナ『母から母へ』（峯陽一、コザ・アリーン訳・現代企画室）は、南アフリカの農村に生まれた、黒人女性作家の新作である。これまでに読んだアフリカの小説（といっても一〇編ほどだが）より格段にアクチュアルで魅力的な「アフリカ文学」だと感じた。描かれる時代も真新しい。

アパルトヘイト廃絶をうけ、真に民主的な総選挙が実施される日を目前にした、一九九三年八月二五日の午後、ググレトゥというタウンシップ（黒人居住区）で、アメリカから留学中の白人女子大生が、黒人青年の群れに襲われて殺害された。この実際に起きた事件を、著者は果敢にも作品化した。

娘は、アフリカを愛し、黒人のために活動し帰国するところだったが、親しくなった黒人の友人たちと別れがたく、タウンシップまで彼女たちを車（黄色いマツダ）で送る途中、「一人の入植者に、一発の弾丸を！」と叫んで練り歩く青年たちにかこまれ、あっという間にナイフで刺し殺された。抑圧された黒人たちの心の奥底に埋められたものが〝暴発〟した事故同然の事件だった。

『母から母へ』は、娘を殺した青年の母親が、殺された娘の母親に向けて語りかけるという型破りの設定。「私の息子が、あなたの娘さんを殺しました」という衝撃の一行からはじまり、母と息子のかかわりを、母親自身の生きてきた道を（それはそのまま南アフリカの黒人がたどった苦難の道でもある）、事件の「一日」のようすを明らかにしていく。

娘が部屋を出る。「澄み渡った秋のような朝」だ。↓ちょうどそのころ、母親は掘っ建て小屋で青年を起こし、白人の家へ働きに出かける↓娘の車がタウンシップへ入る↓そこへ青年のグループが現われ、娘の車を目にとらえる……というように娘と青年（二人は互いに知らない）の悲劇的な「出会い」の経過を、交互に、描き出すのだ。どうして二人がこのようなかたちで会うことにならなくてはいけないのか、胸がいたむ。

だがこの小説には、ゆるやかな個別の時間も流れている。母親が事件を知るのは白人の「奥さま」が車であわてて帰宅したため。「大騒ぎなのよ、あなた」と夫人が伝える前に、今日は奥さまのようすが少しちがう、それに「もうひとつ驚いたことがある」、それは車のドアを閉める音がしないことだったと母親は思う。そのとき彼女は事件とは別の時間のなかにいる。

満員のバスでかけつける。バスの中は足の踏み場もない。

「砂糖かしら。ちがう。もっと大きい。挽き割りトウモロコシかしら。そんなことはない。もっとつるつるしている。靴の底を隔てて足の下のものの表面をさぐるだけで、こんなにたくさんのことがわかるなんて」

と、母親。ここでも時間は日常のなかにあるのだ。そうなのだ。誰が来ても何があっても、母親は事件そのものではなく、むしろ相手の表情や、そこにいまあるものに目をこらすので、時間はゆるやかに過ぎるのである。どんなときにもゆっくり、確実に、ものを感じとる人の姿だ。アフリカの小説がこうした個別の情景に目をとめることはこれまであまりなかったかもしれない。

著者の現実をとらえる目は熱い。また冷たくもある。それでもいつもその目はきらめく。青年たちが、娘の黄色い車を見初める一瞬——。

「喧噪のなかで、黄色い断片が、ときたまちらりと姿を現す。見えて、隠れて、また見える。明滅して、また見えなくなる。車は小さい。」

端的な描写だが静かにものを見つめる目がある。ものを見る人の時間が、ゆたかに書きこまれている。新しいアフリカの「目」だ、と思う。

文学は実学である

この世をふかく、ゆたかに生きたい。そんな望みをもつ人になりかわって、才覚に恵まれた人が鮮やかな文や鋭いことばを駆使して、ほんとうの現実を開示してみせる。それが文学のはたらきである。

だがこの目に見える現実だけが現実であると思う人たちがふえ、漱石や鷗外が教科書から消えるとなると、文学の重みを感じとるのは容易ではない。文学は空理、空論。経済の時代なので、肩身がせまい。たのみの大学は「文学」の名を看板から外し、先生たちも「文学は世間では役に立たないが」という弱気な前置きで話す。文学像がすっかり壊れているというのに（相田みつをの詩しか読まれていないのに）文学は依然読まれているとの甘い観測のもと、作家も批評家も学者も高所からの言説で読者をけむにまくだけで、文学の魅力をおしえない。語ろうとしない。

文学は、経済学、法律学、医学、工学などと同じように「実学」なのである。社会生活に実際に役立つものなのである。そう考えるべきだ。特に社会問題が、もっぱら人間の精神に起因する現在、文学はもっと「実」の面を強調しなければならない。

漱石、鷗外ではありふれているというなら、田山花袋「田舎教師」、徳田秋声「和解」、室生犀星「蜜のあはれ」、阿部知二「冬の宿」、梅崎春生「桜島」、伊藤整「氾濫」、高見順「いやな感じ」、三島由紀夫「橋づくし」、色川武大「百」、詩なら石原吉郎……と、なんでもいいが、こうした作品を知ることと、知らないことでは人生がまるきりちがったものになる。

それくらいの激しい力が文学にはある。読む人の現実を生活を一変させるのだ。文学は現実的なもの、強力な「実」の世界なのだ。文学を「虚」学とみるところに、大きなあやまりがある。科学、医学、経済学、法律学など、これまで実学と思われていたものが、実学として「あやしげな」ものになっていること、人間をくるわせるものになってきたことを思えば、文学の立場は見えてくるはずだ。

歴史の文章

「歴史を書く」書物は、一般に次のような文章で進められる。

①○○年◇月、□□の▽▽で激戦が行われ、結果はまたしても◇軍の敗北に終わった。

②△△が□□に踏みとどまる姿勢を示してから情勢は急激に悪化して、△△と◇◇の関係は完全に決裂する。

③△△川は□□の川合の地で◇◇川と合流し、まっすぐ南下して○○・◎◎と分かつ。

文庫版の「通史」からひろった。①の「激戦」はどんな激戦なのかをイメージするのは読者にはむずかしい。でも歴史ではこう記すしかない。②「完全に決裂する」か。そうか、とこちらは思うだけである。③では「川合」ということばがおもしろいので目を引くが、読んだあと忘れてしまう。事実しか書けないので文章は平板になる。でもこれ以外の叙述はまずありえないし、認められない。それが「歴史を書く」ことだ。

文学は変化を書いてもいいが、停滞した状況を書いてもかまわない。むしろ停滞のほうで、世界をつくる。歴史は「変化」を書くのだから、同じところにとどまれない。極端にいえば文章が存在してはならないのだ。「歴史を書く」ことは文章の死に、なれしたしむことだから、人間にとっても、文章にとっても、とてもつらいことなのだ。

近年そこにひとつの「変化」があらわれた。歴史家網野善彦の登場である。網野氏には『増補　無縁・公界・楽』（平凡社・一九八七）『日本の歴史をよみなおす』（ちくまプリマーブックス・一九九一）『日本の歴史00「日本」とは何か』（講談社・二〇〇〇）などがあるが、『日本社会の歴史』（岩波新書・一九九七）も好評を博した。これは古代から現代までを新書三冊に圧縮した「通史」だ。ひとりですべての時代を引き受けるのだから、想像以上にむずかしい作業であろうと思う。でも「歴史を書く」文章としてはとても新しいものだった。

〈（第四氷期の後半ごろまで）南北で大陸につながった陸橋は、ときどき海進によって途切れることもあったが、依然として、一層大きく

なった内陸湖を一貫して抱きつづけていた。〉

日本列島に人が現われた時期を語る一節である。「依然として、一層大きくなった内陸湖を一貫して抱き」つづけるという部分は、まるで生き物の動作を感じさせる。印象的である。事実は、書き表し方によって、ずいぶんちがうものになる、との感想をぼくは「抱く」。

〈こうした、人の力の及ばぬ自然、神仏の世界と人間の世界との境界として、河原・中洲・浜や巨木の立つ場所に、人びとは市を立てた。（……）人びとはそこに物を投げ入れることによって、これを商品として交換しうる物とした。〉

「物を投げ入れる」という動的な表現は、読者を引きつける。

〈こうした村の百姓の豪家、企業家が列島全域にわたり、それぞれ

の地域で個性的なあり方を見せつつ、広く活動するようになっていったと考えられる。〉

限られた字数では「個性的なあり方」と書くしかないが、このあたりは網野氏がよく知るところ。もっと書くことができるが、ここではこれだけだという著者の思いが見える。

では網野氏はどのように「要約」しているのだろうか。一例を見てみよう。

〈十五世紀半ばにつくられた『七十一番職人歌合』にあらわれる一四二種の「職人」のなかには、僧形の人が三六種見られるが、三四種類の商工民、芸能民が女性として姿をあらわしている。〉

このように縮小する前の状態は、どんなものだったのか。『増補無縁・公界・楽』の「女性の無縁性」では、こうなっている。

〈(『七十一番職人歌合』では)紺掻・機織・酒作・もちい(餅)売・小原女・扇売・帯売・しろいもの売・魚売・ひきれ売・女盲・立君・辻子君・紅粉解・米売・豆売・豆腐売・索麺(そうめん)売・すあひ・白拍子・縫物師・組師・摺師・畳紙売・白布売・綿売・薫物(たきもの)売・かんなぎ・心太(ところてん)売などの女性が現われるのである。〉

「無縁の集団」のなかにいた女性たちの職種は、具体的にはこういうものだったのだが、『日本社会の歴史』では「三四種類の商工民、芸能民が女性として姿をあらわしている」という一文(字数にして約五分の一)に縮められたことになる。

「歴史を書く」人たちは、一行の「歴史を書く」ために、知っていることの大部分を切り捨てなくてはならないが、その切り捨て方には独自の流儀がはたらく。たとえば『日本社会の歴史』の先ほどのところは「商工民、芸能民には女性もいた」と記すのが普通だろうが「女性として姿をあらわしている」という言い方を網野氏はとる。この表現によって往時の働く女性たちが目の前に現われたかのように読者は感じる。いいまとめ方だと思う。

それにしても知らないことばかりだ。歴史にうといぼくは、女性たちの職業名に、目をぱちくり。「無縁」を語るときに出てくる「津(つ)泊(どまり)」「渡(わたし)」などの地理用語、歴史用語の区別についても同様である。辞書にないことばも多い。歴史を知ることのむずかしさを、ことばのうえからも知ることになる。

さて多くの人と同様、ぼくも網野氏の『日本の歴史をよみなおす』によって歴史に目が開いた。そこには文章があった。

一遍上人を描く絵巻「一遍聖絵」のくだり（同書一二七頁）。一遍上人の説教を遠くから見つめていた最下層の人たちが、そのあとどんな動きに出たか。絵巻物のなかではとても小さな彼らの姿を、つぶさに追うことで、その意外な「変化」が見えてくる。

〈臨終のちかくなった一遍につき従ってきていた犬神人たちは、最後の説教のときにはまだ門外に身を置くという遠慮がちな姿勢を保っていたのですが、一遍の臨終にあたってその姿勢を捨て去り、門内にはいって多くの人びととたちまじって一遍の死を見送り、ついにそのなかのひとりは入水往生を遂げる。いわば非人が一遍に結縁し、一遍のあとを追ってともに往生するという、感動的といっても決して過言でない場面を、絵師はこのいくつかのコマで描いたと見ることができると私は思います。〉

これは「一遍聖絵」の主題ではないが「重要なテーマのひとつであった」と網野氏は付言するが、「歴史を書く」うえで、この文章は画期的なものだと思う。「一遍の臨終にあたってその姿勢を捨て去り」の「捨て去り」は力づよい。目にしみ、胸にせまる。歴史の文章もまた、旧来の姿勢を「捨て去り」、新しい世界へと向かうのである。

落葉

現代詩文庫『秋山清詩集』は、アナーキスト詩人、秋山清（一九〇四―一九八八）の代表作を収めた詩集である。

「君の名を誰もしらない。／私は十一月になって君のことを知った」（「白い花」）。日本が戦争をしていた昭和一九年、縁もゆかりもない人のひとりの死を、区民葬で知り、これを書いた。刃物をしのばせたテロリストが自分の前を歩く詩「雨」は、「用事のある人や／家に眠りにかえる者の足どりではない」のあとに、「それは無味退くつをおもわせる」とつづく。自他の別もない静かな世界だが、印象はとても強い。

「地べたのうえで／そっと背なかをうごかし／全身をおこし／いっせいに立って向うへゆく」（「落葉」）。落葉が自分を語るという詩は「みじかいこの幾日がたのしかった」と結ばれる。この詩でぼくははじめて落葉というものを知った気持ちになれた。

自然な道筋で配置されていることばは、どれも悲しいほどに洗練され胸をつく。詩を求めるだけではない。詩を、もたらした詩人である。

本書は、株式会社朝日新聞出版のご厚意により、朝日文庫『忘れられる過去』を底本としました。但し、頁数の都合により、上巻・下巻の二分冊といたしました。

忘れられる過去　上
（大活字本シリーズ）

2022年11月20日発行（限定部数700部）

底　本　朝日文庫『忘れられる過去』

定　価　（本体 2,900円＋税）

著　者　荒川　洋治

発行者　並木　則康

発行所　社会福祉法人　埼玉福祉会

埼玉県新座市堀ノ内 3—7—31　〒352—0023

電話　048—481—2181

振替　00160—3—24404

印刷製本所　社会福祉法人　埼玉福祉会　印刷事業部

© Yoji Arakawa 2022, Printed in Japan

ISBN 978-4-86596-552-0

大活字本シリーズ発刊の趣意

現在，全国で65才以上の高齢者は1,240万人にも及び，我が国も先進諸国なみに高齢化社会になってまいりました。これらの人々は，多かれ少なかれ視力が衰えてきております。また一方，視力障害者のうちの約半数は弱視障害者で，18万人を数えますが，全盲と弱視の割合は，医学の進歩によって弱視者が増える傾向にあると言われております。

私どもの社会生活は，職業上も，文化生活上も，活字を除外しては考えられません。拡大鏡や拡大テレビなどを使用しても，眼の疲労は早く，活字が大きいことが一番望まれています。しかしながら，大きな活字で組みますと，ページ数が増大し，かつ販売部数がそれほどまとまらないので，いきおいコスト高となってしまうために，どこの出版社でも発行に踏み切れないのが実態であります。

埼玉福祉会は，老人や弱視者に少しでも読み易い大活字本を提供することを念願とし，身体障害者の働く工場を母胎として，製作し発行することに踏み切りました。

何卒，強力なご支援をいただき，図書館・盲学校・弱視学級のある学校・福祉センター・老人ホーム・病院等々に広く普及し，多くの人人に利用されることを切望してやみません。